La petite princesse et la forêt enchantée

Tsubaki Tokino
Illustrations : Takashi Konno
Traduction : Aurélien Piovan

LaNovel-Édition

Seigneur Ambition Siegfried

Surnommé « Seigneur Ambition ». Afin de devenir roi, il enchaîne les épouses, les conduit à la tombe, puis cause une insurrection. Il a même sacrifié l'âme de sa fille pour arriver à ses fins. Afin de devenir le successeur légitime du trône de Reverfeat, il a comme objectif de se marier à la princesse Lala Lilia.

Damoiselle Megan

La fille du Seigneur Ambition. Une jeune fille à la beauté digne d'une poupée, mais dont l'âme a été offerte au Diable par son père lui faisant perdre toute émotion.

Inez Mou

Une sorcière mystérieuse accompagnée d'une araignée géante qui manipule des fils d'argent. Elle serait née dans une lointaine contrée du Sud. Payée par le Seigneur Ambition, elle traque la princesse Lala Lilia.

PRINCESSE LALA LILIA

Une jeune fille pleine d'énergie aux cheveux roux et avec des taches de rousseur.
Elle est l'héritière de Reverfeat, le pays des Contes.
Elle perd ses parents lors de l'insurrection du Seigneur Ambition,
et devient la dernière membre de la bienheureuse famille royale.
Elle déborde de curiosité et n'a peur de rien.

SPIKE SCALE

Un dragon aux écailles couleur rubis,
ux pupilles dorées, et dont la connaissance
et la sagesse sont profondes.
Il a des manières de gentilhomme et
ne attitude courtoise. Pour certaines raisons,
avait coupé toute relation avec les humains
pendant un long moment.
Jusqu'à ce qu'un jour de pluie,
rencontre une petite princesse dans la forêt.

GIDEON THORN

Surnommé « Gideon l'Épineux ».
C'est un chevalier quadragénaire dont les
beaux jours sont déjà derrière lui. Il est le
dernier survivant des chevaliers du roi.
Son meilleur ami lui confie la princesse,
et il jure de la protéger au péril de sa vie.
C'est un homme rustre, franc et
cynique, mais avec un grand cœur.

Le début du commencement

Je suis une princesse sans royaume.

Mon père et ma mère sont morts.

Je ne les ai pas vus périr, mais je le sais à cause du trou béant qui s'est ouvert dans mon cœur. Il me murmure que je suis toute seule désormais. Il y avait beaucoup de chevaliers, pourtant ils ont tous disparu, mis à part deux.

Le premier est le capitaine Rob. En réalité, il s'appelle Robert, mais tout le monde le surnomme ainsi, que ce soit moi, ou les autres... Du moins, c'était le cas. Depuis que je suis bébé, il a toujours été là. Il est gentil, fort, grand, je l'adore. Le second, euh... C'est quoi son nom, déjà ?

— Alors, Gideon ? Tu vois l'ennemi ? demande Rob.

— Ça se présente mal. Ils se rapprochent, lui répond l'autre homme.

Ah oui, Gideon. On l'appelle « Gideon l'Épineux ». C'est un vieux monsieur direct et rustre, au regard mauvais et à la barbe broussailleuse. Des chaussures noires, un pantalon noir, une chemise noire, une tunique noire, des gants noirs, un chapeau noir, une cape noire... Tous ses habits sont noirs. Même ses cheveux et sa barbe sont tachetés de noir.

Si seulement ses yeux pouvaient l'être aussi… Je n'aime pas ses yeux. Ils n'ont presque aucune couleur. Ils sont gris cendre ? Bleu acier ? Si je les voyais un peu plus bleu clair, peut-être que je les apprécierais.

— Ah, non, princesse ! Arrêtez de trépigner ainsi !

Son mot préféré, c'est « non ». Honnêtement, je ne l'aime pas. Je fais la moue et j'obéis en silence.

Si le capitaine Rob ne m'avait pas caressé la tête, je lui aurais marché dessus !

Si je veux le taper, c'est l'occasion rêvée. Depuis tout à l'heure, Gideon l'Épineux est couché par terre, l'oreille collée au sol et les yeux fermés. Qu'est-ce qu'il fiche ?

Alors que je l'observe, il rouvre les yeux.

Ah, il regarde vers moi, pensé-je.

Vraiment, je n'aime pas ses yeux gris. Et sans doute qu'il ne m'aime pas non plus.

Voilà, il a aussitôt détourné le regard. Il se relève lentement et époussette la terre sur ses vêtements. Ça sent fort.

Enfin, c'est logique.

Contrairement aux jardins du château, ici la terre est tout humide. C'est une odeur lourde, avec une combinaison de plusieurs autres éléments. Celle de l'eau boueuse, de l'herbe… elle flotte et vient me chatouiller le fond du nez. C'est une senteur que je ne connais pas. On est au beau milieu d'une plaine, et c'est la première fois de ma vie que je m'éloigne autant du château.

— C'est le moment, Rob. C'est là que nos chemins se séparent, affirme Gideon.

— Pour quelle raison ? lui demande Robert.

Ah, lui aussi s'en va. Comme les autres chevaliers.

Les environs sont tout plats et il n'y a rien aux alentours. Parfois, on aperçoit les branches d'un arbre complètement sec. En dehors de ça, il n'y a que de l'herbe flétrie, de la terre et des cailloux. Je suis sûre qu'on nous voit de loin. Il faut dire qu'on ressort comme le nez au milieu de la figure. Deux adultes, deux gros chevaux, et puis moi.

On aura beau s'accroupir, on ne ressemblera ni à de l'herbe, ni à des arbres, ni à des pierres. Il y a juste une chose, la Forêt Noire qui s'étend à la frontière entre la plaine rêche et le ciel recouvert de nuages gris. C'est un endroit où on ne doit jamais aller, un lieu où se rencontrent notre monde et celui des esprits. Celui qui me l'a appris n'est plus de ce monde. Heureusement que le capitaine Rob reste avec moi, ça me soulage un peu.

— La pluie va tomber, avertit Gideon.

— On dirait bien.

— Ce sera une vraie drache. Leur champ de vision sera réduit. Profites-en pour emmener la princesse.

— Et toi ?

— Tu sais bien, sourit-il.

Sa bouche en forme de croissant de lune affiche de belles dents blanches.

Voilà, il fait peur.

— Je vais aller les intercepter.

Le capitaine Rob dévisage Gideon. Il fait ça à chaque fois. Peut-être pour se souvenir d'eux avant d'être séparés ? Maman avait eu le même regard envers moi.

— Non, c'est mon rôle, s'oppose Robert.

— Hein ? Non, attends. Rob… Robert… !

Gideon se fige. Moi non plus, je ne bouge plus.

Quoi ? Qu'est-ce qu'il a dit ? Le capitaine Rob veut s'en aller ? C'est pas vrai, j'ai dû mal entendre. Même Gideon ne comprend pas. Il cligne des yeux à plusieurs reprises, pose sa main sur son front, et baisse la tête, avant de la relever subitement.

— Qu'est-ce que tu racontes… ? le reprend Gideon.

— Je reste derrière. Gideon Thorn, toi, pars avec la princesse, lui ordonne-t-il.

C'est pas vrai !!!

— Arrête tes bêtises. C'est clairement à mon tour de connaître une mort glorieuse. T'es à côté de la plaque, Robert.

Le capitaine ne dit rien. Il sourit de manière si éblouissante que j'ai l'impression que je vais m'effondrer.

— C'est à toi d'emmener la princesse ! crie Gideon.

Il fait non de la tête.

On ne peut plus fuir.

Sa large main vient se poser sur l'épaule de Gideon.

C'est la réalité.

— Tu es celui qui a le plus de volonté pour survivre. Transmets à la princesse cette ténacité. C'est mon dernier souhait, lui confie Robert.

— Qu... Qu'est-ce que tu veux que je réponde à ça ?!

— Désolé.

Ce qui se passe ensuite ressemble à un rêve. Un songe triste que je préférerais oublier.

Je sens la chaleur des bras du capitaine lorsqu'il m'étreint.

— Princesse. Gideon est le chevalier en lequel j'ai le plus confiance. Je suis sûr qu'il vous protégera coûte que coûte.

— Ne partez pas... N'y allez pas, Rob..., gémis-je.

— C'est l'heure des adieux, princesse. Je prie pour que vous grandissiez en bonne santé.

Non. Je veux pas. Je veux pas qu'on se dise au revoir.

Mais je reste la princesse. Faisant partie de la famille royale, je le laisse partir en hochant la tête.

Je ne peux faire que ça.

— Je prie pour votre bonne fortune au combat, chevalier Robert, dis-je solennellement.

— Vous me faites honneur.

Il prend alors ma main et l'embrasse du bout des lèvres.

— Au revoir, Gideon. Si le destin le veut, nos routes se recroiseront.

— Ne meurs pas, Robert.

Ils se tapent fraternellement l'épaule, puis il enfourche son cheval et s'en va.

Non... J'ai envie de pleurer.

— Par ici, princesse...

— Ah !

Des mains rêches dans des gants noirs me soulèvent.

C'est pas comme ça qu'on enserre quelqu'un !

Il me dépose tel un sac à patates sur la grande selle. Elle est solide et douce, mais sans aucune décoration.

— Agrippez-vous fermement. Ne vous en faites pas, c'est un cheval tranquille. Bien plus que moi, en tout cas.

C'est vrai qu'il est docile. Il ne remue même pas lorsqu'on me met sur son dos. Il a un corps aussi grand qu'un rocher, des jambes aussi grosses que des bûches, sa robe d'un jaune sombre ressemble à un bouton d'or, ses poils sont brossés, tandis que ses sabots et sa selle sont bien entretenus. S'il passait un dixième du temps qu'il dédie à son cheval sur lui-même, il serait bien plus présentable.

Soudain, un corps lourd monte derrière moi. Il déploie sa cape noire telles des ailes pour me recouvrir. Ça m'énerve de l'admettre, mais ça me tient chaud.

— En route, princesse.

— Quand il vous plaira, Gideon l'Épineux.

Le cheval jaune hennit, s'ébranle et commence à galoper dans la direction opposée à celle du capitaine Rob. Je ressens un vent froid, mais il n'est pas sec. J'entends le bruit d'une vague qui s'approche, comme le son de petits animaux qui accourent en hordes. Puis une goutte me tombe sur le visage. L'averse redouble d'intensité, et un rideau humide nous recouvre.

— La pluie…

Elle est venue…

— Oui.

※

Devant eux se dresse la Forêt Noire.

Le cheval progresse, alors que le son régulier de ses sabots grave la terrible réalité dans le cœur de la petite princesse.

Le pays de Reverfeat s'est effondré en une nuit. En se retournant, ils ne verraient que les drapeaux ennemis danser au-dessus du château, arborant l'emblème de Siegfried, le cousin du roi pétri d'ambitions. Des corbeaux volent dans le ciel, se réjouissant de pouvoir picorer la chair à profusion. Poursuivis, la princesse et le chevalier n'ont plus d'autre choix que d'avancer, en direction de la forêt où habitent les monstres et les bêtes, lieu où se rencontrent ce monde et celui des esprits.

Ce jour-là, Gideon l'Épineux est devenu le dernier chevalier de la princesse Lala Lilia.

Chapitre 1 – La princesse et le chevalier rencontrent le dragon

Mon souffle est blanc, ma fidèle cotte de mailles est lourde, et mon bouclier est pesant.

Je les ai depuis si longtemps qu'ils sont pour ainsi dire devenus une partie de moi. Jusqu'à présent, je n'avais jamais ressenti leur poids.

Je fatigue.

Ça me fait mal de l'admettre, mais c'est probablement à cause de l'âge, voire de la pluie ou bien...

Parce que j'ai laissé partir Rob ?

Les gouttes d'eau tombant sans discontinuer roulent sur la surface de ma cape telles des billes. Elles dévalent la laine grasse, pratiquement imperméable. Toutefois, ce n'est pas le cas des vêtements de la princesse. Ils sont de grande facture, avec un tissu et une finition hors pair ; seulement, ils n'ont pas été pensés pour déambuler à travers la plaine ou la forêt.

La pluie ne s'arrête toujours pas et un brouillard blanc nous entoure complètement, ne laissant pas même entrevoir les oreilles de mon cheval. Il s'est levé alors que nous pénétrions dans la forêt, le cheval, moi et la petite princesse impertinente. C'est un brouillard étrange, comme s'il exhalait directement de la forêt et de ses arbres. Cela a désorienté nos poursuivants, nous permettant de les semer. Finalement, ils ont fui la queue entre les jambes. Bénie soit la pingrerie du Seigneur Ambition, Siegfried ! Leur récompense ne devait pas être assez élevée pour qu'ils surmontent leur peur de la forêt.

Eh oui, voilà ce qui arrive quand on engage des mercenaires. Ils se démènent uniquement si leur rétribution est à la hauteur. Ils n'ont eu aucun problème à tuer sur le champ de bataille, mais visiblement, l'inconnu les a effrayés.

— Gideon.

La princesse sort la tête de ma cape. Elle tient ses cheveux roux et soyeux de sa mère, tandis que ses yeux du vert translucide des jeunes feuilles sont un héritage de son père. Des taches de rousseur clairsèment son nez et son visage joufflu. Si elle souriait, elle serait adorable ; malheureusement, je n'ai jamais vu son sourire. En tout cas, jusqu'à présent. Le corps de cette petite est incroyablement doux et délicat. À quand remonte la dernière fois où j'ai été en contact direct avec un être aussi frêle ?

— On est... dans la forêt ?

— Oui.

Je suis secrètement soulagé. Honnêtement, je suis plus que surpris, car je m'attendais à ce qu'elle me demande ce qu'il est arrivé au capitaine Rob. En un sens, c'est la pire des questions à poser. Mon cœur se serrerait rien que de l'entendre ou de devoir y répondre.

— Vous êtes attentive.

— Il y a plein de bruits autour de nous.

Je vois. En pénétrant dans la forêt, la clameur de la pluie s'est éloignée. Les branches et les feuilles intriquées dispersent les gouttes ; cependant, elles filtrent malgré tout. Cette eau glaciale tombe en consumant peu à peu notre chaleur, et une jeune enfant se refroidit plus vite. Le brouillard ne s'étant pas encore dissipé, et mon cheval n'arrêtant pas de hennir avec nervosité, je finis par me résoudre à retirer ma cape.

— Couvrez-vous avec ça.

— Euh, quoi ?

— Ne bougez pas. Agrippez-vous bien.

Je laisse la princesse sur le cheval et en descends.

— Là, là, Bouton d'Or, tout va bien. C'est juste le brouillard qui s'épaissit un peu. Avançons doucement.

— Alors, il s'appelle bien Bouton d'Or, note la princesse.

— Hein ?

— Non, rien.

Je saisis les rênes et marche en tête. On ignore ce que la forêt peut nous réserver. Alors qu'on pense suivre le chemin, on se retrouve soudain englouti par un étang ou un marais. Il n'y a pas de quoi rire. Il arrive fréquemment qu'un cavalier et sa monture tombent de concert. Je poursuis avec prudence en guidant Bouton d'Or. Les yeux d'un homme sont plus proches du sol que ceux d'un cheval.

La princesse a accepté ma cape sans rien dire et reste immobile sur la selle. De loin, on pourrait la prendre pour un bagage… et ce serait pour le mieux.

Je tâtonne en repoussant les branches et avance en suivant un sentier clairsemé. J'ignore ce qui est passé par là, que ce soit une personne, une bête ou autre chose, mais l'herbe et la terre ont été piétinées au point que je peux progresser facilement.

— Oh !

On a de la chance. L'une des branches que j'écarte a de petits fruits violet foncé. En focalisant mon attention, j'en repère des grappes çà et là. J'en prends une poignée et les tends à la princesse.

— Tenez. Elles sont comestibles.

J'en prends moi-même trois en bouche et mâche la bénédiction que nous offre cette délicieuse forêt.

— Cela dissipera la fatigue…

— Des mûres ! On en trouve aussi dans la forêt ?

— Elles sont de la forêt.

— On en a pourtant dans les jardins du château.

— Elles viennent d'ici.

— Je ne comprends pas...

Oh, misère. Voilà que ses lèvres forment une grimace.

C'est moi qui ne vous comprends pas, princesse. Que diable a pu vous mettre de mauvaise humeur ?

— Les arbres qui poussent dans les jardins du château se trouvaient à l'origine dans cette forêt.

— Comment sont-ils arrivés là-bas ?

— Les petits oiseaux ont mangé leurs fruits, puis ils ont fait tomber leurs graines en volant au-dessus du château.

— Comment ça ?

Ma gorge fait un bruit étrange et mes lèvres me chatouillent. Visiblement, je suis en train de rire. Qui aurait cru ça possible dans cette situation ?

— Eh bien... Je ne peux pas vous le dire...

— Ne vous fichez pas de moi.

La princesse affiche une mine boudeuse, mais engloutit tout de même les fruits. Aussitôt, elle ferme fort ses yeux et contracte ses lèvres en relevant les épaules.

— C'est aigre !

— C'est parce qu'elles poussent dans la forêt.

— Mais elles sont bonnes.

— Tant mieux.

— On n'en donne pas à Bouton d'Or ?

— Non, il se nourrit tout seul.

Principalement de feuilles.

J'engloutis le dernier fruit dans ma main, alors que la princesse me dévisage.

— Qu'y a-t-il ?

— Vous avez la bouche toute violette.

— Ah ! C'est ce qui arrive quand on mange des mûres crues.

Je m'essuie rapidement les lèvres avec le dos de ma main. Des gants noirs se révèlent bien pratiques dans ces moments-là. On ne remarque pas quand ils sont sales.

— Ah !

Elle semble avoir réalisé. Elle regarde ses doigts. Qu'est-ce qu'elle va faire, maintenant ? Tiens, elle recueille de l'eau de pluie dans ses mains... et se frotte la bouche avec. C'est une petite intelligente. Elle répète l'opération plusieurs fois. Elle réfléchit un instant puis ajuste ma cape.

Ne vous essuyez pas dessus, princesse...

Elle fait semblant de se remettre bien droite. J'imagine qu'elle ne veut pas salir ses vêtements. Enfin, je la comprends, c'est une fille. J'admire le fait qu'elle ne se soit pas essuyée sur le cheval ou sa selle.

— Bien, allons-y, dis-je.

— Quand vous voulez.

Je marche à nouveau en tête en guidant Bouton d'Or. C'est alors qu'une petite épine remonte à travers mon armure pour se planter dans mon nez.

Ah, c'est vrai.

C'est une épine impalpable.

Je n'ai même pas eu le temps de prendre le moindre mouchoir.

— Atchoum !

Ce minuscule éternuement me fait frissonner.

Dépêchons de trouver un lieu pour nous préserver de la pluie avant la tombée du jour et tant que cette petite princesse impertinente est toujours d'humeur à bavarder.

Heureusement, je repère rapidement un endroit où nous abriter. Un arbre immense qui émerge soudain dans le brouillard. Plus on s'approche, plus il paraît grand. Non seulement lui, mais aussi l'herbe, les plantes, ou les champignons qui poussent dans son ombre et qui sont une ou deux fois plus gros que la normale.

Est-ce que c'est nous qui avons rétréci ? Ce n'est pas complètement impossible. Nous sommes dans la Forêt Noire. Le bon sens humain et la logique ne sont pas souverains ici.

Ah… c'est le point de vue d'un enfant. Me voilà à leur taille.

Étrangement, mon cœur s'emballe et je n'arrive pas à me calmer. Seulement, si je panique, la princesse aura peur. C'est pourquoi j'enfouis mon angoisse et m'approche des racines du grand arbre. Comme je le pensais, la pluie a faibli. Quel arbre énorme. On aurait de quoi faire une cabane en bois directement dans son tronc.

Au sol, ses racines entortillées sont couvertes de mousse. On les prendrait pour de gros serpents.

C'est un de ces fameux arbres millénaires ?

Je ne peux pas dire son âge avec certitude, mais j'ai déjà entendu parler de ces arbres ayant vécu des centaines d'années. On dit que la zone environnante regorge de vie, et que les arbres, les plantes ou encore les êtres vivants y sont très bien portants. Effectivement, il fait chaud ici. Et en même temps, je sens une atmosphère solennelle. Comme dans une cathédrale ou un cimetière. Je n'en vois aucune, pourtant je suis sûr que bien des créatures reçoivent les faveurs de cet arbre millénaire. Est-ce que nous serons acceptés nous aussi ?

Je tends ma main pour toucher son tronc.

Ah !

C'est alors que je le ressens intensément… le danger.

Bon sang. Rester ici est périlleux. Une chose funeste rode tout près de nous. Ce sont les poursuivants envoyés par le Seigneur Ambition ? Non, ils sont risibles en comparaison. C'est un être capable de nous faire disparaître d'un souffle.

Tous mes pores se contractent. Ma peau se tend.

C'est pas vrai. Il est là. Il arrive. Mon plus grand ennemi, mon ennemi mortel… !

Quelque chose s'étend dans un claquement. C'est le même bruit qu'une tente battue par le vent, mais en dix fois, cent fois plus lourd et imposant. Qui plus est, c'est un bruit vivant.

Immobile au pied de l'arbre millénaire, il bloque la pluie et la lumière. L'origine de ce son ne laisse aucun doute. C'est celui d'un dragon déployant ses ailes... Je me saisis immédiatement du bouclier sur mon dos pour me poster devant la princesse et mon cheval.

— Tiens.

Une voix grave se fait entendre dans un souffle de vapeur. Elle résonne en moi comme le ferait la cloche d'une église.

Devant mes yeux se tient un dragon. La chance n'est pas avec nous. On se retrouve dans la forêt au crépuscule, la pluie tombe, le brouillard s'est levé, et en prime on croise la route d'un dragon. La fortune ne nous sourit clairement pas. Son corps est protégé par de solides écailles d'un éclat rubis. Sa taille dépasse de deux, voire trois fois celle de mon cheval. Ses griffes pourraient facilement trancher du fer, et un seul coup de sa longue queue pourrait briser un roc.

C'est une sacrée créature. Il doit avoir plus de deux cents ans.

Des gouttes de pluie ruissellent des feuillages de l'arbre millénaire. Au contact de ses écailles rouges, elles crépitent et s'évaporent en fumée blanche. Voilà le genre d'être dont il s'agit.

Qu'est-ce qu'on peut faire ?

J'aurais une chance de gagner si j'étais seul. Je pourrais triompher ou fuir pour survivre en étant seul. J'ai surmonté des situations bien plus périlleuses à de nombreuses reprises, mais là, c'est différent. J'ai une personne à défendre, une vie à préserver.

— Que comptes-tu faire, chevalier ? me demande le dragon.

Quelle ironie. J'ai révélé mon statut en me protégeant immédiatement avec mon bouclier... Quel idiot !

– Je souhaite m'en aller pacifiquement..., dis-je calmement non sans appréhension.

— Je ne te crois pas.

Au centre de ses yeux dorés, ses pupilles fines comme des aiguilles se dilatent.

Il est sur ses gardes. Une lumière rouge le parcourt à la manière de vaguelettes, et la vapeur que dégage son corps s'amplifie.

— Évidemment…

Les chevaliers et les dragons sont des ennemis naturels. Lorsqu'ils se croisent, ils sont destinés à se battre jusqu'à la mort. Je ne sais pas qui en a décidé ainsi, mais c'est comme ça.

Alors, c'est fini.

D'un clappement, j'empoigne mon épée.

Désolé, Robert. Je ne pourrai pas respecter ma promesse…

Cependant, je parviendrai au moins à protéger la princesse !

— Gideon.

C'est alors qu'elle remue sur le dos de mon cheval.

— Gideon, j'ai froid.

— Non, princesse, ne bougez pas !

— Princesse ?

Ah ! Le dragon tend la tête pour regarder derrière moi. C'est pas vrai ! Je brandis mon bouclier et fais un pas en arrière, mais…?! Contrairement à mes directives, ce petit être se faufile entre mes jambes.

— C'est toujours « non » avec vous.

— Princeeeeeesse !

— Hop là.

La jeune princesse se relève et fixe le dragon, avant de prendre un air interloqué.

— Oh, la jolie vache, marmonne-t-elle.

Une vache. Une vache… ?

L'hostilité prégnante se dissipe aussitôt.

— C'est une vache ?

Elle l'a sans doute associé à la créature la plus semblable qu'elle ait vue dans sa vie. Un animal grand, avec des cornes et au long museau. Elle a profité de ce court instant de réflexion ! Ah, que l'ignorance est belle.

Elle se rapproche tranquillement et tend sa petite main pour toucher ce ventre recouvert d'écailles !

— C'est rouge et tout doux.

Doux ? Abasourdi, j'écarquille les yeux et marque un temps d'arrêt.

Hou-là, doucement, une petite minute !

Ces écailles acérées il y a encore un instant sont devenues toutes lisses et arrondies.

— Tu es une très jolie vache.

— J'apprécie le compliment, petite demoiselle, mais je ne suis pas une vache.

Apparemment, mon opposant a également perdu toute envie de combattre. La princesse s'étale de tout son long et frotte ses joues contre son corps.

— C'est chaud…

— C'est parce qu'un feu primordial circule en moi.

C'est vrai que les dragons aiment les jeunes filles. Je n'y avais absolument pas songé.

— Euh, en fait…

Ses yeux dorés me dévisagent.

— Même si je suis un chevalier, je n'ai plus de patrie. Je ne vis plus que pour protéger la princesse.

— Je vois. Alors, nos objectifs concordent… ou du moins, il est possible que nous nous entendions.

Regardez comme cet intellectuel se donne des airs !

— Je suppose qu'on peut dire ça.

Enfin, c'est toujours bien mieux qu'un dragon au sang chaud. J'abaisse mon bouclier et relâche la garde de mon épée.

— Je me nomme Gideon Thorn. Je te propose une trêve.

— J'accepte, chevalier Gideon.

Le dragon rouge plisse les yeux pour regarder la princesse, puis incline son aile pour arrêter la pluie, de sorte qu'elle ne soit pas mouillée et ne finisse pas frigorifiée.

— Pour la princesse, proclame le dragon.

— Pour la princesse, dis-je solennellement.

Ses ailes bloquent la pluie, et la mousse est étonnamment chaude. La petite commence à s'assoupir immédiatement. Enveloppée de ma cape noire, elle s'adosse contre le corps de la créature. Elle devait être exténuée... Moi aussi, j'approche de mes limites. Aussitôt que je la vois s'endormir, la conscience me quitte.

※

Une lueur blanche et sèche.

C'est la lumière du matin qui m'éblouit à travers mes paupières. Je les ouvre légèrement et tapote près de moi. Mes doigts touchent un tissu épais au sol.

— Princesse !

Je me réveille et me lève. J'émerge en un instant.

— Princesse, où êtes-vous ?!

Je crie.

— Princesse !

J'obtiens pour seule réponse le brouhaha de la forêt ainsi qu'une nuée d'oiseaux s'envolant, effrayés.

— Allons, chevalier, baisse d'un ton.

— La princesse a disparu !

— Quoi ?

Le dragon se lève. Son corps est massif, mais ses mouvements lestes. Je suis heureux de ne pas avoir eu à l'affronter hier. Néanmoins, il y a plus important !

— Comment as-tu pu ne pas t'en apercevoir ? C'est ton rôle de la protéger ! m'admoneste le dragon.

— Je dormais...

J'ai sommeillé comme une souche. C'est moche de vieillir.

— Et toi alors ?

— Je dormais…

— T'es mal placé pour me réprimander. Dire que vous étiez collés l'un à l'autre.

— Cette petite demoiselle est si légère… Je ne me suis pas aperçu qu'elle était partie.

— Ah, bien sûr…

En panique, le chevalier et le dragon se disputent de bon matin. Jugeant qu'il n'y a rien à craindre, les oiseaux qui s'étaient envolés reviennent.

— Il faut la retrouver.

— Je n'ai rien à y redire.

J'enfile ma cape et remets mon chapeau. Je place mon bouclier dans mon dos et mon épée à ma ceinture. Puisque j'étais déjà habillé, je suis prêt rapidement.

— Mais ne me suis pas, l'avertis-je.

— Pourquoi cela ?

— Tu es trop gros.

— Pardon ?! s'exclame le dragon.

C'est bien un intellectuel. Il me regarde avec hostilité, toutefois il ne semble pas vouloir m'attaquer. Cela dit, il ne me le pardonnera pas. La preuve est que ses écailles se sont raidies. Moins que lorsqu'on s'est rencontrés hier, mais on ne peut pas franchement dire que leur surface soit lisse.

— Si tu déambules avec ta carrure, tu vas effacer les traces de la princesse. Tu comprends ?

— Hum, tu marques un point.

Le dragon remue. Mon bras me démange et mon instinct me hurle de dégainer mon épée et de brandir mon bouclier.

Du calme, retiens-toi. Il n'a aucune intention de m'attaquer. Regarde bien. Il se gratte le cou avec son membre postérieur…

— Et tu crois que c'est le moment de se refaire une beauté ?! Arrête de te gratter les écailles !

Le dragon poursuit sans être perturbé. D'un mouvement élégant, il s'enlève une écaille avec ses griffes.

Il est plutôt adroit.

— Prends ça avec toi.

Il tend sa patte avant vers moi. Ou devrais-je dire sa main ?

— Ça ne fait pas mal ?

— Non. En termes humains, ce serait comme s'arracher un cheveu.

D'accord. Je prends cette écaille de ces griffes semblables à de grands poignards. Elle semblait petite sur lui, mais elle apparaît tout de même énorme dans ma paume. Elle serait un peu plus large qu'une pièce d'argent ?

Le rouge qui part de la racine s'estompe progressivement, et ses bords deviennent à moitié translucides. Elle reste légèrement chaude. Elle était acérée jusqu'à présent, mais est désormais ronde, sans doute parce qu'elle a été enlevée de son corps. C'est peut-être sa forme d'origine, en fait ?

— Et à quoi ça va me servir ?

— Serre-la à mains nues et ferme les yeux.

— Bien, bien.

Je retire alors mon gant.

Non mais qu'est-ce que je fais pas ? J'obéis bien gentiment à un dragon, mon ennemi naturel. Il y a une seule raison à cela. C'est pour la princesse. Je dois la retrouver.

Je ferme les yeux. J'ai l'air ridicule. Rien ne me garantit qu'il ne va pas me croquer immédiatement. Oui, ça reste un dragon. Mais c'est certain qu'il fait ça pour la princesse. Sur ce point, nous nous ressemblons.

— Wow !

Une lumière brille derrière mes paupières. Des étincelles couleur rubis fusent de partout jusqu'à s'étendre dans tout mon corps. Mon sang bouillonne et j'ai la chair de poule. Même mes cheveux semblent se dresser. En tout cas, j'ai ressenti une énorme vague me traverser.

— Qu'est-ce... que... c'était ?

— Hum, visiblement, tu as les qualités requises. Ouvre lentement les yeux, chevalier.

J'obtempère et relève mes paupières.

— Haa… Haa…

Je me trouve soudainement en nage, pourtant je suis étrangement serein. Je ressentais une certaine apathie jusqu'à présent ; or, toute la fatigue qui s'était accumulée ces derniers jours s'est envolée.

— Mon corps est tout léger.

— C'est normal. Nous sommes en résonance, m'apprend le dragon.

— Pardon ?

Comment ça, en résonance ?

— N'éloigne jamais cette écaille de ton corps. Ah, mais inutile de la coller directement contre ta peau.

— Une petite minute. Explique-moi ce qui vient de se passer de façon à ce que je comprenne.

— Je viens de te le dire. On a résonné.

— Dragon… je suis un chevalier. Un chevalier ! Mon boulot consiste à manier l'épée et à monter à cheval. Je ne pige rien à tout ce qui est magie ou sorcellerie !

Il plisse en silence un œil et souffle brusquement du nez. Une vapeur chaude me frôle les joues.

— Mes excuses…

Est-ce qu'il m'a pris en pitié ? Cet énorme lézard rouge aux yeux dorés ?! C'est une blague ! C'est certainement la pire des humiliations ! Mais contiens-toi. C'est pour retrouver la princesse.

— À travers cette écaille, nos sens seront connectés. Peu importe la distance, je verrai ce que tu vois et entendrai ce que tu entends. On pourra également converser.

— D'accord…

— Comme ça, tu n'auras pas à t'inquiéter, je n'irai pas dans la forêt.

Plus on a d'yeux et d'oreilles, mieux c'est. Même s'ils appartiennent à un lézard avec des cornes et des ailes.

— Une seconde. En clair, tant que je porterai ça, constamment, tu verras et entendras tout ?

— Tant que tu le souhaites.

— Je préfère ça, oui.

— Ne te tracasse pas, je n'ai pas que ça à faire de t'épier.

— Ne dis pas un mot de plus !

La princesse n'a pas du tout été vigilante. Je ne crois pas qu'elle ait déjà fait l'expérience d'être poursuivie. Par conséquent, la suivre est une promenade de santé. Il y a des traces de pas au sol, des branches cassées dans les buissons, ainsi que des feuilles piétinées. Et ses petites mains ont cueilli des fleurs, des trèfles blancs. Je ne les avais pas remarqués quand on est passés hier. Pourtant, je ne faisais que regarder à mes pieds.

— Pour quelqu'un qui a toujours vécu au château, elle est allée loin.

— **C'est une princesse bouillonnant d'énergie. Voilà qui est prometteur,** me dit le dragon par télépathie.

J'ai mis l'écaille dans ma poche de poitrine gauche. Normalement, on y dispose un charme, un mouchoir offert par une gente dame ou une mèche de cheveux de notre dulcinée. Pour ma part, ça fait bien longtemps que cet emplacement proche de mon cœur est vide.

— Que fait mon cheval ?

— **Il mange de l'herbe tranquillement, ne t'inquiète pas.**

J'ai laissé Bouton d'Or au pied de l'arbre millénaire. C'est l'endroit le plus sûr. Il n'atteint pas le dragon, mais il est tout de même imposant avec des jambes massives.

— Ah !

Les pas de la princesse se stoppent net, comme si elle avait disparu dans les airs.

— **Qu'y a-t-il ?** me demande le dragon.

— Ses traces s'arrêtent là.

Je relève la tête et regarde aux alentours. Il doit sûrement y avoir une raison.

— Elle est restée ici un long moment. Ensuite… Ah.

Il y a un arbuste à mûres. Quelques branches sont cassées. C'est encore frais.

« Les petits oiseaux ont mangé leurs fruits, puis ils ont fait tomber leurs graines en volant au-dessus du château. »

« Comment ça ? »

« Eh bien... Je ne peux pas vous le dire... »

« Ne vous fichez pas de moi. »

Cette conversation est sans doute la seule chose un peu amusante qu'elle ait vécue hier.

— **Regarde attentivement ces branches,** suggère le dragon.

— Comme ça ? Elle a mangé des mûres. Hier, je lui ai appris qu'elles étaient comestibles.

— **C'est une enfant intelligente. Enfin, on s'égare.**

J'approche mon visage et observe avec attention. Ah, ça m'énerve de le reconnaître, mais il a l'œil. Quelques cheveux sont entortillés autour des branches cassées. Ce sont de longs cheveux blonds ondulés.

— Ce ne sont clairement pas ceux de la princesse.

— **Qui plus est, ils n'appartiennent pas à un humain.**

— Comment ça ?

— **Je vais te montrer ce que je vois**.

Ma vue se trouble, elle s'agite tandis qu'un film transparent la recouvre, puis s'altère.

— Qu'est-ce que... ?

Des cheveux blonds, des branches cassées et des feuilles écrasées, il se dégage une étrange fumée. En plissant mes yeux, la couleur change. Elle ressemble à toutes les couleurs et aucune à la fois. Elle est un peu trop lugubre pour la qualifier d'arc-en-ciel. Je la comparerais plus à de l'huile à la surface de l'eau. À ma connaissance, c'est ce qui s'en rapprocherait le plus. Je dirais même de l'huile provenant de déchets en suspension dans une flaque.

— C'est la trace d'un démon. Un démon a enlevé la princesse. Ils sont capables de voler, vois-tu, m'explique le dragon.

— C'est pas vrai ?!

C'est une chance qu'il ne s'agisse pas de nos poursuivants, mais... un démon ?!

— Ne t'inquiète pas, je les connais. Je peux te guider jusqu'à eux.

— Merci.

Je serre le poing et grince des dents, sans quoi je ne tiendrai pas. Ma rage bouillonne !

— Alors on fonce là-bas et on ramène la princesse par la peau du cou ?

— Précisément.

J'entends alors un battement d'ailes. La lumière du soleil se voile et une ombre géante descend.

Quand est-ce qu'il est arrivé ici ? J'étais tellement en colère que je n'ai rien remarqué.

— Monte. Tu as un bon cheval, mais il n'a pas d'ailes.

Le dragon plie ses pattes et s'accroupit au sol.

— Tu es sûr ?

— On n'a pas de temps à perdre.

Tu parles d'une blague. Un dragon qui se laisse monter par un chevalier. Même lui semble réticent à l'idée. L'écaille près de ma poitrine m'envoie une sensation pesante et difficile à décrire.

— C'est pour la princesse, chevalier.

— Oui, pour la princesse.

Nous le disons à voix haute pour nous en convaincre, l'un et l'autre.

Chapitre 2 – C’est pour la princesse

Pendant ce temps-là, Lala Lilia grimace fort.

Une ride se dessine alors qu’elle plisse les yeux. Elle grince des dents, fait la moue et serre ses petits poings. Ses cheveux et ses habits sont en désordre, elle est méconnaissable. En plus, elle a ici et là du jus de mûre et des feuilles.

– Mes excuses.

Tandis qu’elle rêvassait en mangeant des fruits, un sac l’a brusquement recouverte. Elle a eu beau se débattre et crier, son ravisseur n’en a eu que faire. Elle a été emmenée, et vient d’être balancée au sol.

J’en ai assez d’être dans ce sac !

Aussitôt, elle se faufile en dehors. Elle essaie de retirer les petites branches de ses cheveux, mais elles sont si entremêlées qu’il est impossible de les décoincer.

– Je vous demande sincèrement pardon.

Elle se relève et dévisage celui devant elle.

– Oh, chère princesse. Ne soyez pas fâchée. J’ai simplement été frappé par votre charme au premier coup d’œil, et je n’ai pas pu retenir mes mains.

Il a des cheveux blonds onduleux et des yeux d'un noir d'encre. Son visage est assez beau et sa barbe bien rasée. Rien à voir avec le chevalier tout en noir. Il a une voix nasale et douce, et une façon de parler bien mielleuse. Il a tenté de la flatter ainsi tout le temps qu'il l'a trimballée dans son sac. Il n'a pas l'air effrayant, même s'il a la peau bleue, des oreilles pointues, des ailes de chauve-souris et des cornes tordues. Cela dit, elle ne peut que se mettre en colère.

— Tu te trimballes toujours avec ça sur toi ?

Elle tape dans le sac au sol.

— Bien sûr, adorable princesse. On ne sait jamais quand je rencontrerai mon âme sœur ! s'exclame joyeusement l'homme aux cheveux blonds.

— Quand tu la trouveras, tu la mettras aussi dans un sac, c'est ça ?

Il ne répond rien et se contente d'arborer un air ravi, ainsi qu'un sourire malicieux. Il ressemble aux masques qu'on porte dans les festivals.

Même s'il sourit, il fait un peu peur.

— Vous trouverez ici tout ce dont vous avez besoin. N'est-ce pas une chambre magnifique ?

Il ne ment pas. Absolument tout dans la pièce est d'un rose floral, même si on remarque plusieurs teintes. Les rideaux, le lit à baldaquin, les couvertures, les oreillers... Tout est confectionné avec de la soie de qualité et des broderies en dentelle. Le tapis, lui aussi rose foncé, affiche des fleurs de toutes les saisons cousues au fil doré.

Table, chaise, repose-pieds, armoire, coiffeuse... Leurs pieds courbés en bois sont également peints en rose avec des motifs de vigne dorés. Des fragments de perles incrustés dessinent des fleurs, de l'herbe, des papillons. C'est un jardin imaginaire scellé sur une surface en deux dimensions.

Sur la petite table ronde se trouve un récipient en verre contenant des fruits confits, tous pelés, découpés en morceaux et baignant dans le jus. Leur forme d'origine est méconnaissable, tout comme leurs noms. La princesse ne connaît pas les fleurs disposées dans le vase assorti. Les pétales ouverts et charnus lui font penser au corps d'un animal. Des fleurs, des fruits, du sucre et du parfum... Ce mélange donne une odeur poisseuse. Une simple inspiration suffit à ce que cette douceur la ronge de l'intérieur.

Je n'aime pas cette odeur.

Avec sa main, la princesse se couvre instinctivement son nez parsemé de taches de rousseur, et sa bouche d'où l'on voit une dent toute nouvelle. Sa main est teinte en violet à cause du jus des mûres et elle dégage une senteur aigre, mais c'est toujours bien mieux.

C'est une cage. Une belle et grande cage à oiseaux.

La pièce ne dispose que d'une seule fenêtre et celle-ci est condamnée par de solides barreaux en fer.

— Vous êtes vraiment charmante ! Oui, magnifique ! Mais malheureusement un peu trop jeune.

— Hein ?

— Mais mon sens de l'esthétique est absolu ! Vous êtes humaine et je suis un démon. Le temps n'est que peu de chose.

— Je comprends rien.

— C'est simple, princesse. Je vais vous élever jusqu'à ce que vous soyez une splendide femme.

Un démon ? Un dé mont ? Lala Lilia répète dans sa tête ce mot inconnu de nombreuses fois. Elle ne le comprend pas, cependant elle sait au moins une chose.

Il ne voit pas la même chose que moi. On a beau se tenir au même endroit, il voit quelque chose de totalement différent.

— À partir d'aujourd'hui, vous vivrez dans cette pièce. Si vous désirez quoi que ce soit, je vous l'apporterai.

C'est une cage à oiseaux. Et l'oiseau qui y est enfermé, c'est moi.

— Non.

— Allez, enlevez vite ces vêtements sales et enfilez plutôt cette robe.

D'un air suffisant, l'homme aux cheveux blonds fait un claquement de doigts. La porte de l'armoire s'ouvre et un habit rose et ample en sort en volant. Ses manches sont gonflées comme des ballons, et la jupe est bien large. Elle va parfaitement à la princesse, à l'exception de l'ourlet qui descend bien trop bas. Elle traîne sur le sol avec élégance, bloquant ses petits pas. Elle tape du pied et tourne le dos à la robe.

— Je n'aime pas cet endroit. Je m'en vais.

— Pour aller où ?

L'homme la contourne sans un bruit. Ses cheveux blonds voltigent et ses ailes de chauve-souris se déploient afin de lui bloquer le passage.

— Vous n'avez plus de château où retourner, Lala Lilia.

— Comment est-ce que tu connais mon nom ?

— Mais évidemment que je vous connais, Lala Lilia, princesse du royaume de Reverfeat qui a sombré en une nuit.

La princesse se fige sur place. Son visage se crispe, tandis que ses bras, son cœur et ses jambes se font lourds. Comme si elle avait été engloutie par une cangue de glace invisible et qu'elle s'y enfonçait lentement.

— Où comptez-vous rentrer ? Pauvre Lala Lilia. Votre père et votre mère sont morts tous les deux.

Son visage bleu se rapproche en affichant un doux sourire. Encore cette voix nasale et doucereuse. Il dégage une haleine sucrée. Il lui caresse la joue. Remuant sa gorge pétrifiée, la princesse parvient à dire d'une voix éraillée :

— Pourquoi dis-tu ça d'un air amusé ?

— Car je suis quelqu'un de gentil.

C'est faux. C'est faux !

Il tend sa main avec délicatesse. Sa paume dirigée vers le bas, elle ombrage le visage de la princesse. Des ongles acérés terminent ses doigts recourbés telle une araignée chassant sa proie.

— Là, prenez ma main. Et devenez la femme du roi-démon que je suis. C'est pour votre bien.

— Non ! Je m'en vais !!!

Il replie ses ailes de chauve-souris sur elle. Elles se referment sur son corps tremblant de rage, de tristesse et de frustration.

— Refuser est futile, Lala Lilia. Personne ne viendra vous secourir.

Personne ne viendra me sauver. Il n'y a plus personne. Ni père, ni mère... ni le capitaine Rob.

Son petit cœur se remplit d'une masse noire et glaciale. C'est la première fois que Lala Lilia goûte au désespoir.

— Grouah !

Le mur est pulvérisé dans un rugissement phénoménal. De magnifiques fragments dorés et blancs sont projetés comme une pluie de grêlons allant brûler les ailes de chauve-souris qui retiennent la princesse.

— Aïïïïïe !

Le démon hurle de douleur quand ces morceaux incandescents lui brûlent le corps. Il s'effondre, mais ne quitte pas sa prisonnière pour autant.

— Où ça, un roi-démon ? C'est juste un nom que tu t'es donné.

— Un roi-démon autoproclamé ? Pfff, risible.

Des écailles acérées qui arborent un éclat rubis. Des ailes majestueuses qui fendent le ciel bleu. Une bouche et un nez d'où s'élève de la fumée, relent de la boule de feu qui vient d'être crachée peu avant. Le dragon atterrit toutes griffes sorties sur le balcon et dévisage le soi-disant roi-démon.

— Déjà, les démons n'ont pas de roi. C'est une race avec des principes individualistes extrêmement forts.

Sur son dos se tient un homme tout en noir, avec un chapeau noir, des cheveux noirs, des vêtements noirs, ainsi qu'une cape et des gants noirs. La seule chose qui se distingue est le blanc de ses yeux. Il brandit son bouclier où figurent sept étoiles. Celles-ci représentent un chasseur courant à travers un ciel étoilé d'hiver.

— Tu devrais savoir que personne n'aime les hommes insistants.

Maintenant que la cage à oiseaux est ouverte, dans un grand bruit, le vent extérieur s'engouffre en soufflant cet air infect. Cette pièce se trouve en fait à l'étage le plus haut d'une énorme tour.

— Gideon ! Gideon l'Épineux !

— Bonjour, princesse. Vous n'avez rien ?

— Ça va… Non !

Le roi-démon autoproclamé tend le bras violemment et saisit le poignet de la princesse. Ses ailes de chauve-souris sont brûlées, ses cheveux blonds ont fini crépus, du sang bleu s'écoule de ses cornes cassées, toutefois il ne flanche pas.

— Lâche-moi ! Lâche !

Elle se débat de toutes ses forces. Elle agite ses petits bras et tape de ses pieds graciles.

— Je ne vous laisserai pas partir, Lala Lilia, princesse d'un royaume déchu. C'est pour votre bien, vous savez ?

Elle s'arrête soudain de remuer, alors que le roi-démon sourit en pensant l'avoir emporté.

— Relâche-moi…

Ses yeux du vert des jeunes feuilles traversées par le soleil fixent l'homme bleu sans reculer, sans trembler, sans faillir.

— Tant que je serai là, Reverfeat n'aura pas disparu.

Ni le dragon, ni la princesse, ni le soi-disant roi-démon ne bougent. Le chevalier saisit cette occasion.

Il s'appuie sur le dragon et saute haut pour atterrir sur le dos brûlé du roi-démon en y mettant toute sa force, avec le poids de son épée, son bouclier et sa cotte de mailles. Il place toute cette inertie dans ses pieds pour asséner un violent saut chassé à son adversaire.

— Crouah !

L'encaissant de plein fouet, le roi-démon lâche sa main et tombe à la renverse en roulant. Son cri de douleur rappelle celui d'une grenouille ou d'une cigale.

— Mon aile ! Elle est cassée !!!

Elle pend mollement dans l'autre sens.

— Bas les pattes de ma princesse ! clame le chevalier en tançant son adversaire à terre.

— Misérable humain. Ne crois pas que je vais en rester là !

Il se relève en titubant et ouvre grand sa bouche jusqu'aux oreilles, dévoilant des crocs saillants. Son allure de gentleman s'est maintenant évaporée.

— Oh, en voilà une belle gueule.

Le chevalier s'interpose en brandissant son bouclier sans ciller, la petite princesse aux cheveux roux derrière lui.

— J'imagine que c'est ça, ta vraie apparence ?

— La ferme ! euh...

Alors qu'il s'énerve, un jet de flammes lui arrive brusquement dessus et le projette un peu plus loin.

— Bordel !!! C'était quoi, ça...

— Moi.

Le souffle du dragon l'a touché de plein fouet. C'est un feu extrêmement fin, mais chaud qui a frappé l'homme bleu tout en pulvérisant le mur.

— Oh, l'air circule bien mieux ainsi.

Des plumes dansent au vent, répandant le contenu du matelas. Le vase en verre, la table en nacre, les fruits confits, l'élégante rose qui avait été confectionnée pour la captive... Tout est réduit en morceaux.

— Oui... ! chuchote doucement la princesse.

Elle serre le poing en signe de victoire et tape du pied avec fougue.

— Ah ! Aaah ! Qu'est-ce que vous avez fait ?! Il y a un trou dans mon aile !

Le dragon revient porter le coup de grâce au roi-démon en pleurs, en lui crachant un souffle de vapeur. Il n'y a pour ainsi dire aucune flamme, mais ça n'en reste pas moins brûlant.

— Ne t'approche plus de la petite demoiselle, avertit le dragon avec majesté en tançant son adversaire qui s'effondre.

Cette fois, le démon aux cheveux blonds et à la peau bleue ne rétorque plus rien. Alors, la princesse accourt en ouvrant grand les bras.

— Vénérable !

— Bon, c'est vrai que je suis un peu vieux, mais...

Elle passe le chevalier gêné et saute directement pour étreindre le dragon.

— Ah, lui... soupire le chevalier.

La princesse sourit. La profonde ride qui persistait sur son front a disparu. Elle a les yeux qui brillent et ses dents se dévoilent dans un grand sourire. Ses taches de rousseur resplendissent maintenant que son teint retrouve des couleurs.

— Bah, on s'en contentera, songe le chevalier en regardant sa joue avec un grain de beauté.

Au moins, il faut reconnaître que ce satané démon blondinet a l'œil pour déceler la beauté.

※

Je vole dans le ciel pour la première fois.

Je m'accroche à un corps énorme de couleur rubis. Le soleil est tout proche et les nuages aussi. La Forêt Noire qui s'étend sous nos pieds est comme un lit vert touffu. Cela me rappelle les tapisseries dans la salle de réception du château. Est-ce que ceux qui les ont fabriquées ont également volé dans le ciel ? Je me souviens du matin où j'ai grimpé pour la première fois au sommet de la tour du château. Je voyais aussi drôlement loin, jusqu'à l'horizon. Mais les tapisseries n'étaient qu'une reproduction, et la tour dans laquelle je me trouvais ne bougeait pas. Là, je vole vraiment.

Tout ce que je vois est réel. Les arbres, le sol, l'eau, absolument tout. Le vent souffle sur mon visage, mes cheveux, mes bras, ma poitrine. Mon corps tout entier ressent l'air qui circule autour de moi. Je ne le vois pas, mais je peux le sentir. C'est curieux. J'en oublie même de parler.

Gideon et le Vénérable discutent depuis tout à l'heure. Le vent file près de mes oreilles, néanmoins, la voix du monsieur résonne lourdement. Elle secoue doucement mon corps. L'entendre me rassure. Gideon me tient fermement. Bien plus encore que lorsqu'on était sur son cheval.

— Est-ce que ça ira pour le blondinet ? interroge Gideon, soucieux.

Comme nous sommes collés l'un à l'autre, j'entends parfaitement sa voix rauque.

— Les démons ont le mérite d'être résistants. D'ici une centaine d'années, il aura entièrement récupéré, précise le dragon.

— Tant mieux.

— Tu es un homme amusant. Pourquoi te préoccuper d'un démon ?

— Ce n'était pas un ennemi... Juste un indécrottable scélérat. Mais tant qu'il ne pose plus ses mains sur la princesse, ça ira.

— Hum, ça a du sens.

— Je me demande pourquoi il a bâti une tour aussi immense. On la repère comme le nez au milieu de la figure.

— Même pour un démon, il possède un fort désir de prestance.

— Ah, il aime se faire voir, en somme.

— C'est dit de manière très rudimentaire, mais c'est ça... Bon, on arrive bientôt. Accrochez-vous bien, princesse.

— Entendu.

Il a beau être imposant, il descend tel un pétale porté par le vent. Le sommet des arbres se rapproche, nous les traversons, et le sol grossit à vue d'œil. Ses ailes gonflent et captent le vent. Ça secoue, et subitement, nous nous arrêtons.

La princesse, le chevalier et le dragon sont de retour tous ensemble au pied de l'arbre millénaire.

— Me revoilà, Bouton d'Or !

Le cheval jaune hennit et va à la rencontre de la petite princesse. Cependant, il n'est pas le seul à les attendre. Une lumière violette étincelante virevolte entre les branches.

Elle se rapproche subitement comme si elle était douée de volonté, puis elle gonfle, faisant apparaître une silhouette. C'est une jeune femme portant une robe d'un mauve rappelant le ciel à l'aurore. Son ourlet est d'un bleu indigo profond. Ses cheveux courts s'étirent comme les ailes d'un petit oiseau, leur extrémité virant au transparent pour se fondre dans l'air.

— Je suis heureuse de te savoir saine et sauve, Lala Lilia.

Sa voix gazouillante sonne telle une clochette en argent. Ses yeux rieurs sont du même bleu que les bleuets. Il suffit d'un regard pour que le visage de la princesse s'illumine avec enthousiasme.

— Marraine la fée !

— Vous ici, Nymphe de l'Aurore.

Le dragon replie ses pattes, baisse la tête et s'incline respectueusement.

— Cela faisait longtemps.

— En effet, Spike Scale, ô noble dragon de rubis.

— Vous vous connaissez ?

— C'est une vieille connaissance, explique le dragon.

Alors, il n'y a que moi qui la rencontre pour la première fois ?

— Enchantée, chevalier Gideon.

— Je crois que c'est la première fois que nous nous voyons, Nymphe de l'Aurore.

Enlevant son chapeau pour le plaquer contre sa poitrine, il incline lourdement la tête. Même si elle n'est pas humaine, il se doit de présenter ses respects à une dame. Cela fait partie des préceptes d'un chevalier. Il s'agit de marraine la fée, la protectrice de la princesse Lala Lilia. Chaque membre de la bienheureuse famille royale en a une.

— J'avais tant envie de te revoir, Lala Lilia.

— Je suis si contente ! s'exclame la princesse.

L'enfant et la fée se serrent tendrement, se réjouissant de retrouver l'autre en bonne santé. À côté, le chevalier fronce les sourcils et remue ses lèvres sèches, avant de parler de sa voix rauque :

— C'est maintenant que vous vous montrez ? Vous auriez pu venir plus... Oh !

Avant même qu'il ait pu finir sa phrase, la fée vient se tenir devant lui.

— Comment est-ce que...

— C'est ainsi que sont les marraines-fées, affirme le dragon avec un visage satisfait.

— En effet.

— Je vois...

Personne n'est à même de tout comprendre, cependant il en a été décidé ainsi. Ce sont ces petits « ainsi » s'accumulant qui forment les principes de l'Univers.

Chacun le sait au fond de lui, même s'il ne parvient pas à l'expliquer. Il faut choisir de bouger ou rester immobile au moment opportun. Ainsi tourne le monde.

— Et donc, qu'est-ce que vous allez faire ? Vous allez emmener la princesse au pays des fées ?

— Ce serait merveilleux si c'était possible.

La Nymphe de l'Aurore baisse les yeux en cillant. La lumière qui l'enveloppe s'estompe légèrement.

— Un seul passage de l'autre côté suffit à créer un décalage avec le monde des hommes. Cela engendrerait un déséquilibre impossible à rectifier, et elle ne pourrait plus jamais vivre ici. Même en revenant, elle finirait invariablement par retourner là-bas.

Sa main et ses doigts fins caressent tendrement les cheveux roux de la princesse.

— Mon souhait est que Lala Lilia connaisse le bonheur en tant qu'enfant d'homme. N'est-ce pas votre cas également ?

— Plus ou moins...

— Alors, Nymphe de l'Aurore, comment devrions-nous protéger la princesse ? demande le dragon.

— Hé ! C'est ma réplique ! s'offusque le chevalier.

— Montrez-nous la voie.

— Mais... !

La Nymphe de l'Aurore lève doucement la main droite et pointe la canopée verte.

— Cachez-vous dans la forêt.

— Dans la forêt ?

Elle s'envole dans les airs pour aller toucher le tronc de l'arbre millénaire.

— Ô arbre, toi qui as pris racine dans cette terre depuis des temps anciens pour devenir immense avec les années. Aide-moi à protéger cette jeune enfant en lui donnant la force de grandir.

Alors, l’arbre millénaire répond aux prières de cette voix carillonnante.

— Oh !

— Ouah !

Dans un remarquable grincement, les branches, les feuilles puis le tronc changent de forme. Tout s’étire, gonfle, se rapproche pour donner corps. Le sol se soulève et même les racines enfouies bougent. Quand le calme revient, l’arbre millénaire a pris l’apparence d’une maison.

— Ça m’a… vraiment surpris, avoue le chevalier.

— Vous avez fait preuve de talents exceptionnels, Nymphe de l’Aurore, souligne Spike Scale.

— Merci…

— Mais ? Où est-ce qu’elle a disparu ?! s’exclame Gideon.

Même si on entend encore sa voix, elle n’est plus nulle part. Affolé, le chevalier regarde autour de lui.

— Je suis ici, informe la fée.

C’est peut-être parce qu’elle a épuisé ses pouvoirs, mais elle a rétréci au point de pouvoir tenir dans la paume d’une main.

— Vous avez pris une apparence adorable.

— Les fées se métamorphosent selon le pouvoir dont elles disposent.

La petite nymphe flotte devant Gideon.

— Vous pourrez élever la princesse ici. Avec l’aide de Spike Scale.

— Spike… C’est ton nom ? se moque le chevalier.

— Ne prononce pas ce nom à la légère. Je n’autorise que mes proches à m’appeler ainsi.

— Reçu.

— Chevalier Gideon.

— Oui ?

— Spike Scale.

— Oui.

— Ma barrière vous protégera, vous et la princesse. Cependant, elle ne durera pas éternellement.

— Jusqu'à quand devrons-nous nous cacher, Nymphe ? demande le dragon.

— Vous saurez quand le moment sera venu.

La petite nymphe embrasse Lala Lilia sur le front.

— Lala Lilia, ma chère enfant.

— Attendez, marraine, ne partez pas !

Elle s'évapore, tandis que sa voix se fait peu à peu distante...

— Je vais constamment prier pour votre sécurité et votre bonheur...

Sa voix s'efface dans l'air, au son du bruissement des feuilles. Tout en observant la princesse figée sur place, le chevalier et le dragon se regardent.

— Notre trêve va devoir se poursuivre.

— Cela ne me plaît guère, mais on ne peut rien y faire.

La patte levée et le poing serré s'entrechoquent doucement.

— Pour la princesse !

— Pour la princesse !

Chapitre 3 — Un an et un jour plus tard

Je suis une princesse et je vis dans la forêt.

J'habite avec deux messieurs dans une grande maison en bois construite par ma marraine la fée. L'un est un dragon, et je l'adore. L'autre est brusque, mais c'est un chevalier fort. Je ne peux pas encore rentrer car je n'ai plus mon château. En effet, là-bas se trouve le Seigneur Siegfried, celui qui a causé une rébellion et m'a arraché mon père et ma mère. En fait, c'est un parent de mon père, mais ils n'ont aucun lien de sang. Heureusement car je n'aurais pas voulu avoir de rapport avec une telle personne. Néanmoins, j'aurais aimé être plus proche de ma cousine Megan. Elle a des cheveux blonds lisses, des yeux bleus, et une peau blanche sans aucune tache de rousseur. Elle fait bien plus princesse que moi.

Je me demande ce qu'elle fait en ce moment. Est-ce qu'elle loge dans ma chambre ?

— Qu'est-ce qui ne va pas, mademoiselle ?

Un souffle chaud me chatouille les oreilles. Le Vénérable me regarde avec un air inquiet.

— Oh, rien. C'est juste que…

— Juste que… ?

Ses pupilles se contractent au centre de ses yeux couleur miel.

— Je suis dans mes souvenirs.

Je n'ai pas besoin d'en dire davantage. Il se penche et approche doucement son visage. Je me mets sur la pointe des pieds et l'embrasse sur son large front. Ses écailles lisses sont chaudes.

— Beeeeeeeeh !

Marguerite, notre chèvre, lève la tête et bêle. Le soleil nous inonde de sa lumière chaude. À mes pieds se trouve une herbe verte abondante. Il y a à profusion des plantes à trois feuilles, des fleurs blanches et des trèfles blancs. Les abeilles volent avec empressement de fleur en fleur. Elles secouent leurs derrières jaunes et duveteux en se faufilant jusqu'au cœur des pétales. C'est sûrement l'endroit de la forêt où il y a le plus de fleurs. C'est un lieu secret qui s'ouvre comme par magie en plein milieu des bois. Une douce prairie s'étend au pied des chênes et un ruisseau la traverse. Et là, des fleurs. Des rouges, des jaunes, des bleues, des violettes, des blanches qui s'épanouissent dans l'herbe verte. On en voit peu si on regarde de près, mais il y en a énormément lorsqu'on observe l'ensemble. Ce n'est pas comme dans les jardins.

— Beeeeh !

— Là, là.

La chèvre frotte son visage contre moi. Avec l'ongle de mon index, je lui gratte doucement la base des cornes. C'est le coin qu'elle préfère. Je suis venue lui donner de l'herbe, afin qu'elle donne beaucoup de lait. Il y a plein d'herbe autour de l'arbre millénaire, mais Gideon m'a avertie.

« Si on laisse une chèvre manger à un seul endroit, elle dévorera tout. Même l'écorce et les racines des arbres ! »

Je me demande comment ça se fait qu'il sache s'occuper d'une chèvre. Il sait également faire bien d'autres choses, mais ce qui m'a le plus surprise, c'est qu'il soit si doué en couture. Il a raccommodé très rapidement les trous dans mes chaussettes ou ma veste déchirée. Et il a fait ça bien.

Il a acheté au village de vieux vêtements dont il a raccourci les manches et relevé l'ourlet pour les adapter à ma taille. Quand ce sera trop petit, il défera les coutures et rajoutera du tissu.

« Il n'y a ni tailleur ni couturier sur le champ de bataille. »

C'est joliment dit, mais cela signifie simplement qu'il n'a ni femme ni dulcinée pour le faire à sa place.

Alors que je vais simplement m'asseoir dans l'herbe…

— Princesse, attendez un peu avant de vous installer là, voulez-vous.

— Hein ?

— Regardez, il y a une petite fleur.

Il pointe une plante.

Ouah, comment est-ce qu'il a fait pour la voir ? Elle est encore plus minuscule que l'ongle de mon petit doigt. Le bord de ses quatre pétales est d'un mauve profond. La couleur s'estompe en allant vers le centre pour virer au jaune.

— Comment s'appelle cette fleur ?

— C'est une mauvaise herbe, me répond une voix rauque.

Je relève la tête.

Depuis quand est-il là ?

Le chevalier tout en noir se tient à proximité. Il ne porte pas sa lourde armure ni son bouclier rond. Les deux sont suspendus au mur de la maison. À la place, il a un grand arc sur l'épaule, un carquois et un couteau à la ceinture, ainsi qu'un sac de jute fait maison. Dedans, il doit sûrement y avoir des oiseaux ou des lapins.

— Je me trompe ? On en voit pousser plein au bord des chemins.

Le Vénérable souffle de l'air chaud avec son nez, puis plisse l'œil droit.

— Toutes les fleurs ont un nom. Il n'y a aucune mauvaise herbe.

— Et à quoi ça avance de les connaître ? ronchonne le chevalier.

— On l'appelle une bleue de nuit. La couleur au centre rappelle celle du ciel à l'aurore, et sa forme ressemble à une étoile, explique le dragon.

— Le ciel à l'aube…

Ah, c'est vrai. Le mauve au bord ressemble au ciel nocturne, et le jaune du centre à la lumière de l'aurore.

— C'est la couleur de ma marraine la fée.

— Exactement, princesse, c'est vrai.

Il a l'air ravi. Il incline plusieurs fois la tête en ronflant.

— C'est véritablement splendide. Les dames font preuve d'un cœur faste en toute circonstance…

Gideon tourne la tête en pouffant.

— Inutile de connaître le nom d'une fleur qu'on ne peut pas manger.

De l'air chaud passe au-dessus de ma tête. Évidemment, le Vénérable semble énervé. Il le dévisage en levant sa grande tête. Peut-être qu'il en a assez.

Gideon est habitué. Il s'est aussitôt allongé.

— Parle avec retenue. Tes interventions peuvent avoir une influence néfaste sur la sensibilité de la princesse.

— Qu'est-ce que tu entends par là ?

— Pour dire les choses franchement, tu la rends sauvage.

Mince…

Il a dû nous voir pendant nos entraînements de saut chassé. Ou alors quand il m'apprenait à gagner la bagarre.

Écraser le pied pour faire reculer, c'est la base.

— Ha ha !!!

Gideon rit de manière très insolente, avec sa voix rauque et en montrant ses dents.

— Sauvage ? Ouais, et c'est pas plus mal. Figure-toi, dragon, que j'apprends à la princesse ce qu'elle doit savoir pour survivre.

Ses ailes se déploient, cachant la lumière du soleil. Il ne les ouvre pas totalement, puis les rabat aussitôt, lentement et proprement. Il a complètement détourné son attention de Gideon et ne regarde plus que moi.

— Écoutez bien, princesse… Toutes les plantes ont un nom. J'aimerais que vous grandissiez pour devenir quelqu'un qui n'écraserait pas une fleur juste parce qu'elle en ignore le nom.

J'observe à mes pieds… la petite fleur figurant le ciel de l'aurore. Elle a la même couleur que ma marraine la fée adorée. Je n'avais même pas remarqué qu'elle était là avant qu'il me le dise. C'est un sentiment étrange. Ce n'est plus une simple herbe. Je ne peux plus m'asseoir dessus. Alors, je hoche la tête et regarde ses yeux couleur miel.

— Bien, Vénérable.

Gideon me fixe avec la bouche grande ouverte. Le Vénérable aussi l'a vu. Il penche son long cou pour l'observer. Sidéré, le chevalier cligne des yeux plusieurs fois, se gratte le visage d'un air embarrassé, ses joues semblant légèrement rouges.

Qu'est-ce qui se passe ?

Est-ce qu'il est gêné ? Lui ?

— Ça m'embête de l'admettre, mais je suis de ton avis, avoue Gideon.

— Ah oui ? le questionne le Vénérable.

Sa longue queue s'agite et dessine un arc rouge dans les airs avant de soudainement venir s'enrouler autour de son corps, sans même déranger la moindre fleur ou la moindre feuille. À chaque fois que je le vois faire, je reste toujours aussi émerveillée.

— Tu sais que tu as le droit d'être admiratif.

Gideon ne répond rien. Il croise les bras et tourne à nouveau la tête.

— Un peu plus d'honnêteté ne te ferait pas de mal.

— Beeeeeh.

La chèvre bêle comme pour approuver.

— Pfff. Allez, rentrons ! dit Gideon.

— Pars devant. La princesse et moi allons rester encore un moment.

— Oui, confirme la princesse.

— Ah ! Bon.

Son dos noir s'éloigne. Il marche toujours les épaules relâchées et les jambes arquées. Il devrait se tenir un peu plus droit avec les jambes bien positionnées.

Aujourd'hui, ça fait un an que nous sommes venus dans cette forêt. Demain, ça fera un an et un jour. Tous les deux ont finalement réussi à s'entendre, mais au début, c'était vraiment pas gagné.

« Ne nous bassine pas avec des niaiseries comme la vertu ou la compassion ! Ce dont elle a besoin, c'est de la force de survivre ! »

« Alors, c'est moi qui l'éduquerai sur ces choses-là. Toi, tu n'auras qu'à lui transmettre tes savoir-faire. »

« Inutile de me le dire, c'est bien ce que je comptais faire, satané lézard. »

« Chevalier primitif… »

« Pardon ?! »

Gideon avait saisi le manche de son épée, quant au Vénérable, il avait hérissé ses écailles et montré les crocs tandis qu'une lumière rouge le parcourait. Je m'étais instantanément précipitée entre eux deux pour m'interposer.

« C'est pas bien de se battre. »

« C'est vrai… »

« Vous avez raison, princesse. »

C'était vraiment mal parti.

※

C'est une immense maison en bois.

Le toit, les murs et même les charnières des portes naissent de l'arbre, et tout est en fleurs.

En réponse à la prière de la Nymphe de l'Aurore, l'arbre millénaire s'est changé en une demeure parfaite pour nous. Bien sûr, nous avons construit l'abri des animaux nous-mêmes.

L'étage inférieur à moitié enfoui est un espace vide où le dragon peut s'installer à sa guise. En montant les escaliers, on trouve quatre pièces à taille humaine. Un salon, une cuisine, la chambre de la princesse, puis la mienne, et l'ensemble est meublé. Il y a des lits, mais aussi une table, des chaises et des placards. Dans la cuisine, il y a même un four. Cependant, la chambre de la princesse est encore plus complète. Elle est fonctionnelle, mais sans omettre l'élégance essentielle à une fille. Que ce soit le bois, la terre ou la pierre, tout a apparemment été parfait par la Nymphe de l'Aurore. Elle a dépensé sa magie jusqu'à rétrécir à la taille d'une poupée.

Louée soit cette noble dame !

Je descends à la cave et dépose le contenu de mon sac sur le plan de travail. Je pourrais le faire dans la cuisine, mais l'odeur est un peu trop forte. Aujourd'hui, j'ai rapporté trois perdrix et un lapin. J'active mon couteau en silence, je retire les boyaux et j'enlève la peau. Je vais vendre les perdrix, j'utiliserai leurs plumes et leurs queues pour mes flèches, et on mangera la viande du lapin. Je ne sais pas si je garderai sa fourrure ou si je la vendrai.

Je suis un bon archer et j'ai saisi le coup de main pour préparer mes prises. C'est important de savoir trouver sa nourriture pour survivre dans la nature. Mais à dire vrai, je ne me serais pas cru de telles aptitudes pour la chasse. Au début, je me suis dit que ce serait déjà bien si j'arrivais à rapporter assez à manger pour la princesse et moi. En allant faire des achats au village, j'ai entendu que des sangliers ravageaient les cultures, alors je les ai abattus. Puis, en un clin d'œil, on m'a reconnu comme chasseur habile et j'ai acquis un nouveau statut. En remerciement, on m'a offert une belle chèvre qui produit du lait en quantité, ainsi qu'une paire de poules. Grâce à ça, notre alimentation est devenue nettement plus riche !

Désormais, je vais une fois par semaine au village pour vendre mes prises. J'ai endossé l'identité d'un chasseur qui élève seul sa nièce après le décès de ses parents un an plus tôt. Ces circonstances délicates sont essentielles. Comme je n'ai commencé à vivre avec elle que récemment, personne ne trouvera étrange que je n'y connaisse rien aux bébés. D'autant qu'il est bien plus simple de se faire passer pour un oncle et sa nièce que pour un père et sa fille.

Avec cet argent, j'achète du sel, du pain, des habits, des chaussures, du fil et des aiguilles. Et de temps en temps des pointes de flèche. Si je me rends seul au village, malgré le danger d'être reconnu, c'est parce qu'il est impossible de cuire du pain dans la forêt. Personnellement, je pourrais me contenter de biscuits aux glands secs et de ragoût de lapin, mais pas la princesse. Heureusement, le Seigneur Siegfried ne connaît pas mon visage. Avant, je passais mon temps à l'extérieur, en campagne ou bien à exterminer des monstres, donc on me voyait rarement au château.

Hormis mes qualités de chasseur, il y a une autre chose inattendue. Ma trêve avec le dragon s'est poursuivie pendant un an. Oui, un an !

Lorsqu'on a commencé à vivre dans la forêt, j'ai compté les jours. Au début, j'ai voulu les graver avec mon couteau dans les murs de la maison, mais la princesse s'y est fermement opposée. Finalement, j'ai tracé des traits au charbon. Un bâton pour un jour, cinq bâtons pour un groupe, et ce matin on arrive à soixante-treize groupes. Un an au total.

Je ressens une secousse au sol. La porte s'ouvre puis se ferme. Visiblement, l'étude des fleurs est terminée.

— Désolé, je te dérange en plein travail.

Le dragon apparaît alors.

C'est franchement un miracle ! Que moi, celui qu'on appelle « Gideon l'Épineux », qui taille tous les ennemis qu'il touche… que j'aie pu vivre sous le même toit que cet énorme lézard rouge savant pendant un an ?!

— J'ai bientôt fini. Tu veux manger les entrailles ?

— Je ne dis pas non.

Le tonneau rempli des boyaux et du sang de mes prises se vide en un clin d'œil. Malgré ses airs de gentil intellectuel, il reste un carnivore. Néanmoins, ça m'évite de devoir me débarrasser des déchets.

— Que fait la princesse ?

— Elle est dans l'abri des animaux.

Je ferme les yeux et tends l'oreille. J'entends de légers pas au-dessus de nous.

— Effectivement.

— Elle est remarquable.

— C'est comme ça qu'elle a survécu.

Je lave la peau à l'eau salée, la suspends à un bâton et un souffle chaud vient la frapper avec un timing parfait. Cela permet d'éliminer les acariens tenaces.

— Merci.

— Mais de rien.

— Dis, tu penses que je devrais garder la fourrure du lapin ?

— Pour en faire quoi ?

— Je pourrais en faire une écharpe ou des gants pour la princesse. Je pourrais aussi la coudre à ses manches. Ça lui tiendrait chaud.

— Tu as l'intention de devenir expert en couture ?

J'ai brusquement un air embarrassé. Je fais mine d'essuyer ma sueur.

— Je vais peut-être la vendre, en fait...

— Non, garde-la, ce n'est pas une mauvaise idée.

— Tu penses aussi ?!

Est-ce qu'on devrait se préparer à passer un deuxième hiver dans cette forêt ? De toute façon, ça va se refroidir une fois passé juin avec la pluie. Comme ce fameux jour, il y a un an.

— Tu comptes aller au village, demain ?

— Oui, c'est le jour du marché. J'irai me réapprovisionner en flèches.

— Hum, ton âme de chevalier demeure intacte.

— Bien sûr, j'en reste un, après tout.

Le dragon me scrute en silence. Sans un souffle, sans bruissement d'ailes, sans ciller, avec un regard sérieux.

— Ne t'en fais pas. Pour les gens, je suis un simple chasseur.

— Un quadragénaire célibataire qui a recueilli sa nièce après le décès de ses parents un an plus tôt, c'est ça... ?

— Oui, un simple chasseur.

Les coins de mes lèvres se tordent. Il ne sait jamais s'arrêter de trop en dire !

— Sans avoir à faire semblant de t'y connaître sur les bébés ni de devoir vous faire passer pour un père et sa fille, il y a peu de chances d'être percé à jour. C'est une couverture bien pensée.

— Merci, dis-je sur un ton sarcastique.

Je ne le supporte pas, mais heureusement il comprend mes plans. Lorsqu'il faut faire front commun, la pire chose est de ne pas être sur la même longueur d'onde.

Tout en discutant, je lave mon couteau et le passe sur la pierre à aiguiser. Après avoir coupé de la chair et du gras, il vaut mieux le faire aussitôt.

Ah ! Ça ne part pas.

— Il y a une chose qui me perturbe depuis un moment, avoue le dragon.

— Quoi donc ?

— Ça fait déjà un an. Alors, pourquoi le Seigneur Siegfried n'est-il pas encore devenu roi ? Tant qu'il vit au château après avoir pris possession du domaine sans être monté sur le trône, il demeurera un rebelle. Tu l'as dit toi-même, tout le monde l'appelle simplement « Seigneur Ambition » désormais.

Quand je me rends au village, je partage avec lui tout ce que j'ai vu et entendu. Non pas à travers son écaille, mais bien de vive voix.

— Avant, il était surnommé « Seigneur Jolie Barbe », apparemment.

— Ah bon ?

— Il demandait à son barbier personnel d'y consacrer une… non, deux heures.

— Gideon, tu ne réponds pas à ma question.

— Ouais, ouais.

Ce lézard a vraiment aucun sens de l'humour.

— Il ne pourrait pas monter sur le trône, même s'il le voulait.

Je place le couteau aiguisé contre mon doigt. Parfait, si j'appuyais un peu, il ferait aussitôt une incision.

— Il n'est que l'époux de la cousine du roi. En gros…

— Il ne possède pas de sang de la bienheureuse famille royale, comprend le dragon.

— Voilà. C'est pour ça qu'il cherche la princesse.

Si quelqu'un monte sur le trône en n'étant pas membre de la famille royale, le royaume s'effondrera. On arrivera au même résultat en changeant simplement le nom, le drapeau et en fondant un nouveau pays. On ne devient pas roi sans un royaume.

— Il me semble que le Seigneur Siegfried a une fille, non ?

— C'est la princesse qui te l'a dit ?

— En effet, elle m'a parlé de sa cousine. Ce serait une damoiselle magnifique avec de beaux cheveux blonds et des yeux saphir.

C'est malheureux. Je suppose que les deux enfants étaient en bons termes. Juste parce que son père a été aveuglé par son ambition, l'une est poursuivie et l'autre est devenue la fille d'un traître.

— Damoiselle Megan est la fille qu'il a eue avec sa première épouse. Sa mère est décédée peu de temps après sa naissance.

— Et la cousine du roi ?

— Elle a succombé à la maladie il y a sept ans.

— C'est malheureux de voir par deux fois son épouse trépasser avant soi-même.

— Tu l'as dit.

Sa première épouse lui a donné son titre de noblesse, et la cousine du roi lui a permis d'entrer dans la famille royale. Cependant, il ne peut rien pour ses liens du sang.

— Pour accéder au trône, il doit procéder à un troisième mariage.

— Je ne veux même pas y penser...

— Oui, je m'y oppose fermement.

Mon poing levé s'entrechoque avec la patte tendue par le dragon.

— Pour la princesse.

— Pour la princesse.

※

C'est Gideon qui a construit l'abri des animaux.

Il n'a pas été aidé par la magie de ma marraine la fée, mais par le Vénérable. Il m'a expliqué que c'est parce que son cheval fait partie des biens d'un chevalier, ou quelque chose comme ça. Avec ce grand cheval jaune, on a aussi une petite chèvre brune, maintenant. Tous les deux tiennent chaud. Assise sur une petite chaise en bois, je la trais. Je n'ai pas besoin de beaucoup de lait, seulement d'un verre.

— Merci, Marguerite.

— Beeeeh !

Elle se rapproche et je lui gratte délicatement la base des cornes...

On m'observe. Je sens leur regard. Ils attendent avec excitation.

J'entends des voix délicates, comme un bruit quasiment imperceptible.

— Attendez un instant, je vais vous en donner.

Il ne faut pas les regarder ou essayer de les attraper, sinon ils disparaîtront. Je me suis rendu compte de leur présence la première fois où je me suis réveillée dans cette maison.

Je paressais dans mon lit, et j'ai vu quelque chose bouger dans un coin de ma chambre.

« Hein ? »

J'ai regardé autour de moi, mais je n'ai rien vu. Il n'y avait rien, mais j'avais l'impression d'apercevoir de petites silhouettes courir sur le sol. Ces choses sont toujours dans la maison. Je n'avais pas peur ; au contraire, entendre leurs voix me rassurait. Mais Gideon n'avait absolument rien remarqué.

« Tu as vu quelque chose ? »

« Non, rien du tout. »

Je n'arrivais pas à dire s'il était vif ou lent.

« Enfin... »

« Vous savez princesse, il y a deux sortes de bruits parmi les êtres vivants. »

Il m'a fixé du regard avant de me montrer subitement deux doigts.

« Les bruits dangereux, et ceux qui ne le sont pas. Si l'on est stressé par ceux qui ne le sont pas, on finira par flancher. »

Et il s'est arrêté là. Cependant, le Vénérable était différent. Il avait tout de suite compris.

« Ce sont des brownies. »

« Des brownies ? »

« Vous pourriez les qualifier de petites personnes. »

« Ah ! Ces gens qui disparaissent si on veut les voir. »

« Exactement. Ce sont des lutins vivant aux côtés des humains. Normalement, c'est une espèce qui vit dans les habitations humaines... Mais il semblerait que ceux-ci vous aient suivie depuis le château. »

« Moi ? Pourquoi ? »

« Car vous en êtes la souveraine, princesse. »

J'étais ravie.

« Tant que je serai là, Reverfeat n'aura pas disparu. »

La phrase que j'avais prononcée au sommet de la tour du roi-démon était exacte. C'est ce que les petites personnes me soufflaient.

Je suis la princesse et j'habite dans la forêt. Tant que je serai là, Reverfeat n'aura pas disparu.

J'entre dans la maison avec un récipient plein de lait. Dans la cuisine, j'ajoute une cuillère de miel et je remue fermement.

« Pour leur festin, les petites personnes prennent chaque jour un verre de lait sucré. Ce petit peuple doux et rondelet. Ce sont les dieux protecteurs de la maison... »

Même en grandissant, je n'ai pas oublié cette chanson de quand j'étais petite.

— Vous avez l'air de vous amuser, princesse.

Gideon arrive en montant les escaliers.

— Oui.

— Vous buvez du lait ?

— Non, ce n'est pas pour moi.

Ses yeux bleu clair naviguent de droite à gauche. Ils clignent et affichent un air interrogateur.

— Hein ?

— C'est pour les petites personnes.

Il écarquille les yeux. Moi, je suis particulièrement ravie.

« Pour leur festin, les petites personnes prennent chaque jour un verre de lait sucré. »

Je vais vers ma chambre en chantant. Je ferme la porte et dépose le verre au même endroit que d'habitude. Ils m'observent en étant tout excités. Mais je ne dois pas les regarder.

— Et voilà. Régalez-vous.

Je les entends, mais je ne les vois pas. Je quitte doucement la pièce sans me retourner.

Chapitre 4 — Jour de marché au village

J'y vais.

— À tout à l'heure !

Quand je me rends au village, je ne prends jamais mon cheval, ni mon épée ou mon bouclier. Ça ne collerait pas avec mon image de chasseur. Au mieux, je porte juste une dague à ma ceinture. Qui plus est, ce n'est pas assez loin pour nécessiter d'y aller à cheval. Ça n'a rien à voir avec ce jour brumeux où l'on arpentait ce chemin nerveusement. Désormais je m'y suis habitué, et je connais même des raccourcis.

En s'éloignant de l'arbre millénaire, la barrière brumeuse se fait de plus en plus faible pour finir par se dissiper. La frontière n'est pas très nette, mais elle est bien là. C'est la bénédiction de marraine la fée qui protège la princesse du monde extérieur.

Le village d'AtteGrüne se trouve juste au sud de la Forêt Noire. Les habitants sont d'environ cinq cents, et l'on y croise encore plus de personnes les jours où se tient le marché. On y vend principalement de la laine de qualité, du fromage, des vaches, des chevaux et des moutons. Grâce aux bienfaits de la forêt, il y a d'excellents pâturages et le bétail est bien dodu.

L'endroit ne devrait intéresser que les négociants en bétail, les marchands, les paysans et les bergers, mais… le nombre de soldats a considérablement augmenté au cours de l'année. Des hommes en armure portant bien en vue leur lance ou leur épée. Ils sont évidemment à la recherche de la princesse. On leur a sans doute rapporté qu'on l'a vue pour la dernière fois entrant dans la Forêt Noire. Cependant, ces derniers temps, les soldats réguliers ont diminué au profit de nombreux voyous engagés par la garde. Ils sont du genre à se convertir rapidement au banditisme dès qu'il n'y a plus rien à gagner. Je ne dois pas attirer l'œil ni m'impliquer avec eux. Au contraire, je dois me montrer prudent et ne pas chercher les ennuis. Et c'est pareil pour les habitants du village.

Sous couvert d'agir au nom du Seigneur Ambition, ils s'emparent sans payer de tout ce qui leur plaît. Des soldats ou des hors-la-loi. Des sentinelles ou des pilleurs. Ce sont des hommes vigoureux qui changent d'activité selon ce qui les arrange. Et justement, en voilà. Ils prennent toute la largeur de la route en affichant bien leurs armures et épées. J'abaisse mon chapeau et je les laisse passer en me tenant sur le bord. Leur équipement est bien trop luxueux. Visiblement, le Seigneur Ambition est devenu très généreux. Je me demande jusqu'à quand nous serons en sécurité dans la forêt.

J'avance en suivant la rue principale et j'arrive à l'auberge la plus grande du village. L'un des étages sert également de taverne. Les chambres sont propres, la cuisine est succulente, et surtout, ils paient bien. Je vais à l'arrière et hèle le propriétaire.

— Vous êtes là ?

Un homme affable et au visage rouge vient m'accueillir.

— Oh, je me disais justement que vous n'alliez pas tarder.

Apparemment, il a le même âge que moi, mais nous ne pouvons pas être plus différents. À chaque fois qu'il me voit, il sourit doucement. En fait, je ne l'ai jamais vu s'énerver. Si j'avais suivi une autre voie, peut-être que je serais également devenu un homme paisible.

— Voilà les prises de la semaine.

Mon premier animal chassé a été acheté par cette auberge. Par la suite, c'est toujours ici que je les ai vendus. Le dessus de la cheminée est décoré avec la tête d'un sanglier empaillé que j'ai chassé.

Je lui donne une bécasse, un faisan et une perdrix. L'aubergiste les pèse et me tend la somme d'argent équivalente. Je la prends et la mets dans la sacoche à ma taille. Notre échange habituel se passe sans anicroche.

— J'attends vos prochaines prises avec impatience.

— Merci de votre confiance.

— Vous restez déjeuner ? La soupe est justement en train de chauffer.

— Je ne dis pas non.

Je vais à la taverne et m'assois à une table dans un coin. Rapidement, la femme de l'aubergiste m'apporte un plateau sur lequel sont posés un bol fumant et une choppe. C'est une soupe épaisse composée de fèves, de navets et de viande de mouton trempée dans une rasade de lait chaud. À côté se trouve un pain de seigle.

— Et voilà. Je vous souhaite un bon appétit.

— Merci.

Contrairement au patron, elle est prompte et vive d'esprit. Elle trouve sans cesse des sujets de discussion avec ses clients tout en étant très attentive à leurs besoins. Après avoir appris que j'élevais ma nièce — en réalité, la princesse —, elle m'a offert toutes sortes de modestes présents. Toujours de petits objets, afin de ne pas m'encombrer. Aujourd'hui, c'est un ruban vert-jaune.

— Merci…

— Oh, c'est rien du tout ! Ma fille m'a tannée pour qu'on lui achète, mais c'est trop de tissu pour une seule personne.

Elle ne fait pas ça par bonne conscience ou pour s'attirer mes faveurs, simplement, cela lui fait plaisir. D'autant qu'elle sait quand insister ou s'arrêter. C'est une femme vertueuse, dans tous les sens du terme.

— C'est très animé, aujourd'hui.

— Ah… euh, oui, en effet.

Sa réponse manque étonnamment d'aplomb. En suivant son regard vers des clients, je vois assis des hommes peu recommandables. Bien qu'il soit à peine midi, ils engloutissent déjà des alcools forts. Sur leur table se trouvent de nombreuses chopes vides.

— Du moment qu'ils paient...

— C'est vrai.

— On ne peut pas se permettre de refuser des clients. Récemment, l'impôt ne fait qu'augmenter... Oh, désolée, je vous ennuie avec mes problèmes financiers.

— Ce n'est rien. Ça fait du bien de parler de ses soucis.

— C'est pas faux.

Justement, un des hommes à cette table l'appelle.

— Oui, j'arrive ! Bien, prenez votre temps, m'indique-t-elle.

Sa poitrine ballotte et elle s'en va.

Est-ce que la taille de la poitrine est proportionnelle à la grandeur du cœur ?

— Bon...

J'arrache un bout de pain et le trempe dans la soupe brûlante. Je souffle doucement dessus pour le refroidir et l'avale. C'est un pain dur et aigre. Il se ramollit en absorbant l'onctuosité du bouillon.

— C'est un délice...

Manger un repas préparé par quelqu'un d'autre que soi, qui plus est un plat succulent, c'est un vrai bonheur. La viande de mouton a une odeur forte, du moins c'est toujours ce que j'ai pensé. Comparé au lapin ou au cerf que j'avale maintenant, c'est bien plus doux, et pas franchement si corsé. C'est dire si la vie des gens d'ici est proche de la nôtre en forêt.

Ensuite, je prends une cuillère de soupe. Le persil, la sauge, le romarin et le gingembre épicé relèvent le goût. Quant au lait, il enveloppe le tout. C'est une saveur obtenue uniquement par la cuisson de l'ensemble dans une énorme marmite. Le potage épais passe par ma gorge et arrive dans mon ventre. Mon visage se détend et mon corps rigide se relâche. Je savoure ce goût puis j'attrape ma choppe. J'avale une gorgée de cette bière brune mousseuse. J'ai entendu dire que la bière de cette taverne avait une amertume piquante. C'est ça qui est bon. Heureusement, je ne suis pas de ceux qui finissent bourrés après un ou deux verres, mais je préfère tout de même manger tout en buvant. Déjà parce que l'auberge me l'offre, et surtout parce que ce serait suspect qu'un homme adulte ne boive pas une bière en mangeant. Pendant ce temps, j'écoute d'une oreille. C'est l'heure du repas, alors la taverne est bien remplie. Plus il y a de clients, plus c'est animé, et mieux c'est. Les gens se détendent, ils laissent entendre des choses qu'ils ne diraient jamais dans une pièce calme. Et les rumeurs circulent facilement dans un village reculé.

— Le pont a encore été emporté à AtBridge.

— Encore ? C'est vrai qu'il n'a pas arrêté de pleuvoir, ces derniers jours.

— Je me demande quand il sera refait. À mon avis, c'est pas pour tout de suite.

— Alors, on va le renommer NoBridge ?

Pour reconstruire un grand pont, il faut l'aide et la permission du souverain. Étant donné qu'ils n'ont reçu aucune des deux, il ne sera jamais réparé.

— Y a pas de quoi rire.

— C'est clair.

Effectivement. La première fois que j'ai mangé dans cette taverne, la plupart des clients ne craignaient pas le Seigneur Ambition. Au contraire, certains l'accueillaient même à bras ouverts. Après tout, le Seigneur Siegfried avait conservé l'organisation du roi. Il avait gardé ceux qui le suivaient et éliminé ceux qui s'y refusaient. Il avait tué des nobles, des baillis, des chevaliers et des soldats, mais n'avait pas fait de mal directement au peuple. Du moins, pas encore. Ceux qui avaient juré allégeance au roi avaient été exécutés ou avaient fui à travers champ. Il est impossible de dire qui a survécu.

Or, le souverain a changé et, au bout de deux, trois mois, ça a commencé à se sentir. Le Seigneur Ambition a tout d'abord entamé une rénovation majeure du château. Puis il a procédé à une augmentation de ses troupes privées. Il ne pouvait pas faire confiance aux soldats ou aux chevaliers fidèles au roi. Il s'en est rapidement débarrassé, et a compensé le vide en embauchant. Or, les caisses du château sont limitées. Alors, il a sacrifié les plus faibles afin d'équilibrer les comptes. Qu'importe qu'un incendie ravage une ville, qu'un puits se tarisse à cause d'une sécheresse, qu'une rivière déborde et emporte un pont, qu'une épidémie fasse un grand nombre de victimes… il n'en a que faire. D'après ce que j'ai entendu, c'est ainsi qu'il répond à n'importe quelle doléance :

« Ce sera traité sous peu. »

Ce « sous peu » n'arrivera jamais. Le plus terrible est que cette politique est applaudie. Notamment par les forts, les jeunes et les riches, et c'est bien compréhensible.

« Hourra ! Maintenant, on n'aura plus à supporter ces plaies ! »

« On se porterait mieux sans tous ces pauvres. »

« Si on a de l'argent pour les entretenir, qu'il nous revienne, plutôt. »

Si on retire peu à peu les couches inférieures, un jour, ce sera à notre tour d'être écartés. Si ce n'est pas aujourd'hui, ça finira bien par arriver. Alors que vous vous retrouvez tout en bas sans même le remarquer, il sera déjà trop tard quand vous commencerez à paniquer.

« Ça ne devait pas se passer comme ça ! »

Vous vous débattez, le couperet tombe, et hop, emballé c'est pesé.

Le pire, c'est que le Seigneur Siegfried se place comme modèle à suivre pour le peuple. S'ils veulent quelque chose, qu'ils n'hésitent pas à tuer pour l'obtenir. Ils ont carrément son approbation… C'est la chose à faire, d'après lui. C'est le genre d'histoire qu'on entend souvent, mais le pire est à venir. Le Seigneur Ambition a tourné le dos sans même un regard à tout ce chaos qu'il a engendré. Il n'accorde d'attention qu'à ses propres désirs et il avance sans se retourner. En un sens, on pourrait dire que c'est novateur.

« Je ferai de la princesse Lala Lilia ma femme ! »

Maintenant, voilà ce qu'il beugle sans se soucier du qu'en-dira-t-on. Un père de plus de quarante ans veut épouser une fillette de sept ans. Il dit qu'il ne peut pas y couper ! Si on en discute en pleine cambrousse, c'est que le pays tout entier est au courant. Cependant, le Seigneur Siegfried est actuellement le souverain de ce pays. Il se tient au sommet et garde d'une main de fer le pouvoir et l'argent. Alors, personne ne peut le critiquer ni l'arrêter.

Résultat, le pays est agité.

À chaque coin de rue, les voleurs se multiplient et dépouillent au vu et au su de tous. Ils s'infiltrent dans les maisons ou encerclent les passants et les rossent de coups. À l'inverse, le maintien de l'ordre public se relâche. Les gardes du Seigneur suivent son exemple et détroussent ouvertement les gens. Ils sont aussi de plus en plus nombreux à se tourner vers le pillage. Ce pays est d'ores et déjà rongé de partout. Ce que nous a laissé feu Sa Majesté ne tient déjà presque plus debout. Au prochain désastre majeur... il s'effondrera sur lui-même, pour finir en poussière ou en cendres. Je suis un homme qui ne s'intéresse pas à la politique, mais même moi j'arrive à le comprendre. Le Seigneur Siegfried désirait seulement le titre de roi. Il n'a aucune intention de gouverner le pays. Il va le consumer, puis il changera de proie. Tout comme il a enchaîné les épouses pour grimper les échelons.

Rah... Je vais gâcher mon repas.

J'arrête de cogiter et me concentre à nouveau sur mon plat.

Je dois protéger la princesse. Elle est notre dernier espoir.

— Merci pour le repas, c'était bien bon.

※

Pour aller chez le forgeron, passer par l'arrière est bien plus rapide.

Même s'il s'agit d'un chemin de traverse, c'est en fait la rue d'origine. Quand il y a eu plus d'habitants et que le village s'est agrandi, on a construit des voies plus larges. Donc cette route suit les habitations. De l'eau croupie, de la terre sale, de la mousse, des arbres pourris, du fer rouillé et des vêtements à moitié humides... Que ce soit dans les villages, les villes ou au château, on trouve ces odeurs dans tous les endroits où vivent des personnes. Leur intensité varie, mais elles ne disparaissent jamais. C'est pareil pour les sons. On entend bien plus de voix dans les passages sinueux que sur les artères principales.

— Monsieur le bailli, laissez-moi au moins ça.

Cette voix surprenante est celle d'un enfant. Derrière chez le forgeron, il y a deux garçons qui jouent. L'un ouvre un sac un peu sale, tandis que l'autre tient un bol contenant du sable qu'il verse dedans.

— Non, ce n'est pas assez. Il n'y a même pas la moitié.

— Mais c'est deux fois plus que le mois dernier.

— Ce sera comme ça désormais. C'est le souverain qui l'a décidé. Allez, dépêchez-vous. Sinon, votre cou va finir suspendu au bout d'une corde !

Puis les deux se mettent à rigoler. Ils délaissent leur sac, leur bol et leur sable avant de s'amuser à se poursuivre. Les jeux des enfants sont un miroir magique qui reflète la réalité du monde. Je les laisse passer et entre chez le forgeron. Je peux confectionner mes propres flèches, et récolter des plumes pour leur empennage, mais je ne peux pas fabriquer leurs pointes. Il n'y a rien d'étrange à ce qu'un chasseur achète des flèches. Je me procure seulement ce dont j'ai besoin, je remercie mon interlocuteur et ressors. Les affaires sont florissantes pour lui. Ça montre bien à quel point le nombre de personnes désirant une arme a augmenté.

En quittant la boutique, je vois une femme. Elle est encore jeune. Sa cape recouvre entièrement son visage avec sa capuche, mais elle ne parvient pas à cacher les courbes séduisantes de son corps. Elle est fine et opulente à la fois. C'est vraiment un régal pour les yeux. Au lieu de la dissimuler, son vêtement la fait ressortir d'autant plus. Et elle n'est clairement pas du coin. Elle regarde autour d'elle, avance, puis fait aussitôt demi-tour. Est-ce qu'elle serait perdue ?

Elle risque les problèmes.

— Ah !

Soudain, elle percute un homme qui prenait toute la place sur le passage étroit. Bien qu'ils n'aient pas de vêtements similaires, leurs armes et armures coûteuses ne laissent aucun doute… Ce sont des soldats du Seigneur Ambition.

— Aïïïïïe !

On entend le son de métal s'entrechoquant. Dans l'ambiance lourde et tendue, c'est un son à vriller les oreilles. C'est différent de l'écho régulier du marteau qui parvient de chez le forgeron.

— Tu pourrais regarder où tu marches, mam'zelle ! interpelle le soldat.

Il y a une limite aux accusations fallacieuses. Il est clair que c'est l'homme qui a foncé droit sur elle !

— Je vous prie de m'excuser, j'avais la tête ailleurs.

— Ah oui ? Et tu penses que je vais en rester là ? Si tu veux vraiment te faire pardonner, que j'en voie la couleur.

Aucun de ses camarades ne l'arrête. Au lieu de ça, ils encerclent la jeune femme. Je n'aime pas ça.

Elle va avoir des ennuis. Mais tu ne dois pas t'en mêler ni te retrouver impliqué. Oublie tes principes de chevalerie, Gideon !

J'ai beau le savoir, mes jambes refusent d'avancer. Je ne peux pas m'en aller ainsi.

— Allons, tu ne vas pas embêter cette dame, dit l'un des hommes.

— Il faut qu'elle retienne la leçon. Je me contenterai de sa bourse.

Je n'ai jamais vu un tel détroussage en règle !

— Si… Si je vous donne mon argent, ça suffira ? bredouille-t-elle en tremblant de peur.

— Voilà, tu nous donnes ton oseille bien gentiment !

Le premier homme tend la main sans vergogne.

— Que faites-vous ?!

Elle prend peur et recule. Le mouvement ôte sa capuche.

— Eh bah… en voilà une belle donzelle ! ricane le soldat.

C'est effectivement une très belle femme. Des yeux en amande et des paupières très marquées, des sourcils épais et entrelacés, un nez droit, des iris d'ambre, de longs cheveux argentés lisses, une peau d'un brun vibrant… Elle doit être originaire d'un pays bien plus au sud.

— Ah, laisse tomber l'argent.

— Ouais, pas la peine. Viens donc plutôt faire un tour avec nous, mam'zelle, dit un autre.

— Je refuse, déclare-t-elle avec fermeté.

— On a de l'argent, assure le soldat avec un sourire carnassier.

Elle se redresse, fronce les sourcils et tourne la tête d'un air dédaigneux. Avec ses yeux à moitié clos, elle dévisage l'homme alors que ses lèvres roses se resserrent en un sourire.

— Désolée pour vous, mais je ne suis pas ce genre de femme.

La proie acculée contre-attaque avec assurance.

— Trainée !

Quelqu'un de raisonnable s'en irait aussitôt pour éviter de s'humilier davantage. Cependant, la tête de cet homme, soutenu par les armes et le pouvoir, n'est pas aussi bien faite. Il sort de ses gonds.

— Te fous pas de moi !

Enragé au possible, il grimace et attrape la femme par le col.

— Arrêtez ! Qu'est-ce que vous faites ?!

Elle se débat et sa cape glisse. Cela ne suffit pas à son agresseur. Il arrache le cordon de sa robe et des rondeurs brunes et opulentes apparaissent. Des seins tombants se révèlent, bien plus gros qu'une main adulte.

— Non ! Lâchez-moi !

Sa voix retentit. Elle est proprement terrifiée.

Mon corps bouge avant même que j'aie le temps de réfléchir.

— Viens là. Je vais prendre soin de corriger ton impertinence. Tu vas voir ! Les femmes sont nées pour écouter bien sagement ce que disent les hommes !

— Voilà, c'est ça… Ah !

Je fauche les pieds d'un des types qui l'encerclent. À terre, je lui marche dessus et fonce sur le suivant. Ils ne me posent aucun problème. Ils ne pensaient sûrement pas que quelqu'un viendrait s'interposer. Je saisis le poignet du gredin et appuie à travers la peau sur l'os au-dessus de l'articulation.

— Relâche-la. Tu vois bien que tu l'embêtes.

Je me contente de le tenir, pour l'instant.

— Ha ! Tu te prends pour un chevalier ou quoi ?!

— Ma foi, je ne suis qu'un humble chasseur. Mais je sais faire la différence entre ce qui est bien et mal.

— Aïe aïe aïe...

J'ai mis juste assez de force dans mes doigts pour le restreindre. Sa peau se plie et son os craque. Aussitôt, l'homme grimace, les yeux révulsés. Je serre un peu plus fort.

— Aïe ! Aaaaïe !

— Lâche-la. Sinon, tu peux dire adieu à ton poignet.

— Arrête, je suis droitier !

Je sens son os se tordre sous mes doigts. Ne supportant plus la douleur, il libère la femme. Je plaque aussitôt son bras contre son dos.

— Argh !

Il ne me résiste pas beaucoup. Je frappe l'arrière de ses genoux avec ma main gauche, et je balance son corps qui s'effondre au milieu de ses camarades pantois.

— Bien, messieurs...

Je m'incline dans un geste théâtral.

— M'accorderiez-vous cette danse ?

— Enfoiré !

Je vous ai énervés ? C'est le but. Toutes sortes de choses se retrouvent sur ces chemins. Encore plus un jour de marché, et devant chez le forgeron. Est-ce que ce bâton est une bûche tombée d'un chariot, ou le futur manche d'une hache ? En tout cas, il est parfait pour l'occasion. Je l'avais déjà repéré avant d'avancer. Je l'envoie avec le pied, le saisis et m'en sers pour frapper la main du soldat qui s'apprêtait à sortir son épée en le maintenant contre lui.

— Hou-là, si vous la dégainez ici, c'est terminé pour vous.

Je continue à maintenir la pression tout en me rapprochant.

— Là, vous les voyez ? Ce sont des baillis. Vous êtes sûr de vouloir faire ça ?

— Espèce de… !

Ils ne pourront pas éviter les ennuis s'ils sortent leurs armes juste sous leur nez. Ils ne pourraient pas faire les aveugles. D'autant qu'on se trouve en province. La gangrène de la capitale n'est pas encore arrivée jusqu'ici.

— Les baillis du coin ont la tête dure. Ils n'ont pas encore été contaminés par la corruption du souverain… Vous comprenez ce que ça veut dire ? Vous serez assurément expulsés du village. Ce serait dommage de devoir passer la nuit à la belle étoile, pas vrai ?

Leur camarade se relève en titubant. Celui qui songeait à dégainer son épée détourne le regard de moi et recule, l'air déconfit. Je ramène rapidement mon arme, ou du moins mon bâton. La victoire est jouée.

— T'as intérêt à surveiller tes arrières !

— Oui, oui. Si j'ai du temps libre.

Une réplique des plus clichées. Ils s'en vont comme ils sont venus, s'éloignant en toute hâte. Je les laisse s'en aller et abaisse mon arme.

— Vous n'avez rien, mademoiselle ?

— Non, merci.

La femme aux cheveux argentés a déjà remis sa cape. Visiblement, je n'ai pas besoin de détourner le regard par courtoisie.

— Vous m'avez sauvée, jeune homme.

— Je n'ai plus l'âge d'être appelé ainsi.

— Alors, comment devrais-je vous appeler ?

Hein ?

— Vieil homme ?

Soudain, une douce rondeur se colle à moi. Elle attrape mon bras et y presse sa poitrine.

— Je pourrais vous offrir un coup pour vous remercier ?

Elle me regarde avec un sourire. Sa voix suave me titille les oreilles. Si j'avais eu dix ans de moins, j'aurais sauté sur l'occasion. Avec de la chance, j'aurais même eu droit à autre chose qu'un verre… Mais plus maintenant.

– C'est une invitation alléchante, mademoiselle, mais le vieil homme a à faire.

– Le travail vous appelle ?

– Non, une enfant.

– Ah, vous avez des enfants ?

Les rondeurs ballottantes s'éloignent en même temps que leur douce chaleur.

– Dommage.

Elle hausse ses fines épaules.

– Désolé. Laissez-moi au moins vous ramener jusqu'à la rue principale.

– Merci.

– C'est par là...

Je l'accompagne un moment. Heureusement, elle ne s'accroche plus à moi.

– Les rues sont très tortueuses. On se croirait dans un labyrinthe, constate la jeune femme.

– C'est bien pratique quand on connaît le coin. On trouve facilement des raccourcis.

– Je ne compte pas rester aussi longtemps, malheureusement.

En chemin vers la rue principale, j'entends une chanson familière.

« Le festin des petites personnes, c'est un verre de lait sucré par jour. »

Six filles jouent en cercle avec une balle. Deux fois plus grosses que leur main, elles se la passent en rythme.

« Ce petit peuple doux et rondelet. Ce sont les dieux protecteurs de la maison... »

Apparemment, elles se l'envoient à tour de rôle. Parfois, elles la font rebondir au sol. Et parfois, elles la lancent en l'air, tapent des mains et la rattrapent. Il semble y avoir une certaine régularité dans leurs mouvements, et le rythme colle à la chanson. C'est un jeu assez complexe, mais qui a l'air amusant.

« Mais faites bien attention. Si jamais vous oubliez le lait... »

Alors, quoi ?

Au moment où je tends l'oreille, une petite voix s'exclame, et la balle roule jusqu'ici. Elle lui a échappé. Je me penche pour la ramasser. Elle est plutôt légère.

Elle est sans doute en peau de mouton ou de chèvre. Les coutures sont fines et minutieuses. Elle a été rafistolée de nombreuses fois.

— Hop, tiens.

Je la lance doucement d'une main.

— Merci, monsieur le chasseur !

Celle qui la rattrape est une fillette aux cheveux noirs avec des nattes ornées de rubans vert-jaune. C'est la fille de l'aubergiste. Elle incline rapidement la tête et retourne dans le cercle.

« Le festin des petites personnes, c'est un verre de lait sucré par jour. »

La chanson reprend du début. Tant pis, je n'entendrai pas la suite.

« Ce petit peuple doux et rondelet. »

Les six fillettes chantent à l'unisson cette comptine que la princesse fredonne seule.

— Je me demande si elle se sent seule.

— Votre fille ?

— Non, c'est ma nièce. Ma sœur et son mari ont succombé à une épidémie, alors c'est moi qui m'occupe d'elle.

— Oh, c'est terrible.

— Encore maintenant, je suis un peu dépassé.

Je hausse les épaules et continue à marcher.

— Vous songez à lui rapporter un ballon ?

La femme aux cheveux argentés me fixe subitement, alors que le coin de ses lèvres se relève. Elle a saisi ce qui m'a traversé l'esprit.

— N'en faites rien. Seule, elle ne pourra pas jouer.

Il est clair qu'elle m'a percé à jour.

— Au mieux, elle pourra le jeter en l'air et le rattraper.

— Oui… C'est vrai.

C'est impossible pour le dragon et moi de participer. Notre carrure est bien trop différente.

Surtout le dragon.

— Je suppose qu'on pourrait au moins chanter ensemble.

— Vous savez chanter ?

Nos regards se croisent un instant.

— J'imagine...

Elle hausse les épaules.

— Ce serait bien si j'en étais capable.

Elle pouffe.

— Je vous souhaite bien du courage.

La lumière du soleil brille sur le chemin. On entend le brouhaha des passants et le grincement des chariots. La rue principale est juste là.

— Je vous dis merci. À bientôt, vieil homme.

Un doigt brun et gracile glisse sur mon visage. Je sens encore sa faible chaleur contre ma peau.

— Hein ?

Je m'arrête soudain. D'un mouvement élégant, elle remet sa capuche et s'en va. Quant à moi, je reste planté comme un piquet, en me touchant la joue. Je réalise finalement qu'elle me l'a caressée.

※

Même après mon retour dans la forêt, ses mots ne me quittent pas.

« N'en faites rien. Seule, elle ne pourra pas jouer. »

Évidemment, la princesse est seule. Avec elle, il n'y a que le dragon et moi. De vieux croûtons. En dehors de nous, ses uniques interlocuteurs sont une chèvre, un cheval et des poules. Et aussi ces petites personnes. D'après la chanson des enfants, ce n'était pas juste le fruit de son imagination. Ça me soulage un peu. Néanmoins, jusqu'à quand ce quotidien va-t-il se poursuivre ? Jusqu'à quand devrons-nous rester cachés dans la forêt ? Quand est-ce que viendra ce « moment » dont a parlé la Nymphe de l'Aurore ? Aujourd'hui ? Demain ? Dans dix ans ? Est-ce que la princesse devra chanter seule jusque-là ? C'est bien trop triste.

Je me demande si je suis capable de chanter.

J'imagine que le dragon, oui. Il a curieusement une très jolie voix... pour un lézard.

Quelque chose remue sur le chemin. En levant la tête, mes yeux tombent nez à nez avec...

— Gideon !

La princesse court à toute allure sur une énorme branche qui s'étend depuis l'arbre millénaire.

Mince, elle approche ! Je lâche mes affaires à la hâte et me tiens fermement sur mes jambes. À un cheveu ! Ses petits pieds bondissent depuis la branche !

— Yahou !

Dans un cri de joie, ses cheveux s'agitent et elle saute. J'ouvre grand les bras pour la réceptionner.

Mon dos craque sous le poids de la princesse et de son inertie. Mais je ne la lâche pas. À aucun prix. Dans mes bras, elle rigole d'une voix forte. Ses taches de rousseur ressortent clairement sur ses joues roses.

— Te revoilà !

— Je suis de retour, princesse.

Pour le moment, voilà ma principale inquiétude. Jusqu'à quand tiendra mon corps ? Et notamment mes lombaires.

— Ah, c'était délicieux !

— Merci.

Elle se met debout, les poings serrés et sautille comme un ressort. Son ruban vert-jaune dans les cheveux frétille tel un papillon. Disons que sa réaction après le repas est vraiment franche et exubérante. Même lorsque nous avions mangé ces mûres sous la pluie glaciale. Heureusement, le dîner de ce soir était une soupe chaude et du pain grillé surmonté de fromage. Les ingrédients étaient de la viande de lapin, du lait de chèvre, des noix et des navets. J'ai essayé de reproduire à la maison ce que j'avais dégusté à la taverne. Le résultat était excellent, et elle a vidé son bol jusqu'à la dernière goutte, en saucant avec le pain.

— Ce sera rapide à nettoyer.

— Surtout pour toi, dit la princesse.

Nous avons deux bols et deux cuillères en bois poli. Lorsqu'elle a dû s'en servir pour la première fois l'an dernier, la princesse a été décontenancée. Rien d'étonnant à cela, puisqu'elle n'avait mangé jusqu'à présent que dans de la vaisselle en porcelaine avec des couverts en argent. Elle s'y est complètement habituée, désormais.

— J'aime bien les cuillères en bois, parce qu'elles sont douces.

— C'est vrai... Ah, merci.

Elle m'apporte ses propres couverts. Ça aussi, elle s'y est faite.

— Je vous laisse nettoyer.

— Compte sur moi.

Elle trempe un torchon dans l'eau, l'essore fermement, puis trotte en direction de la table. Elle a appris à ramener la vaisselle et à essuyer la table en me regardant faire. Dernièrement, elle s'est proposée de le faire elle-même. C'est en fait la curiosité qui l'y a poussée. Si elle souhaite apporter son aide, c'est un excellent début.

— Dites, princesse. Vous voulez boire un thé après le repas ? Celui à la menthe et camomille...

Pas de réponse. Que vois-je en me retournant... ? Elle s'est endormie sur la table, le torchon encore dans la main.

— Ah là là. Les enfants s'assoupissent vraiment subitement...

Elle a sautillé partout et est tombée comme une masse.

Je la porte jusqu'à sa chambre à l'étage. Même si ce sont de mauvaises manières, j'ouvre la porte avec mon pied et mon épaule. Sur la porte, la couronne qu'elle a soigneusement tissée avec des glands, des branches, de l'herbe, des fleurs et du lierre bruisse. Elle a eu du mal à faire la première. Au fur et à mesure, elle s'est améliorée, et maintenant il y a de quoi être ébahi en voyant leurs couleurs et leurs tailles. Le plus surprenant, c'est qu'elle l'a appris du dragon.

Je me demande où s'arrêtent ses connaissances, à celui-là.

Je soulève la couverture et dépose la princesse dans son lit. J'enlève ses chaussures et replie le drap sur elle.

— Bonne nuit, princesse.

Je vais aller faire le tour des portes. Je vais commencer par bien fermer l'abri des animaux.

Le vent est humide et l'air lourd. Il va pleuvoir ce soir.

Le tonnerre gronde. Il rugit fort et fait trembler les volets. La princesse se réveille en sursaut, et serre son oreiller dans son lit. Elle ne se souvient pas du tout de s'être endormie ni d'avoir été mise au lit. Le feuillage de l'arbre millénaire est secoué par le vent, mais le tronc reste imperturbable. Et il en va de même pour la maison qu'il abrite.

Tout va bien. On est en sécurité, ici.

Je le sais. Je le sais bien, mais...

Entre l'interstice des volets, une lumière blanche.

— Hiiiii !

Elle se recroqueville dans son lit, cachée par son oreiller.

— Un, deux, trois, qua...

Le tonnerre retentit de plus belle.

— Ah !

Elle sursaute à nouveau et se lève. Elle sort pieds nus de sa chambre en tenant son oreiller, et descend nerveusement les escaliers.

Ne tonne pas. Pas maintenant.

L'interstice des volets s'illumine une nouvelle fois.

— Hya !

Elle court aussi vite que possible.

— Vénérable ! Vénérable !

Elle se précipite dans la large cave où dort le dragon.

— Oh, princesse.

Le dragon l'attendait. Ses yeux couleur miel, sa voix profonde et son souffle chaud enveloppent la princesse.

— Que se passe-t-il ?

— J'ai peur du tonnerre. Je peux dormir avec vous ?

— Bien sûr. Venez.

— Merci, Vénérable.

Il déploie ses ailes et agite sa patte. La princesse s'approche pour l'étreindre et se blottit contre son ventre.

— C'est chaud.

Elle se faufile sous son aile douce et ferme les yeux sereinement.

— Je vous aime.

— Moi aussi.

— Je vous aime…

Elle le répète plusieurs fois, jusqu'à ce que la phrase se transforme tranquillement en un paisible sommeil.

— Elle s'est endormie… ? demande peu après le chevalier, qui s'était caché derrière un pilier.

— Oui, profondément. Ne t'inquiète pas.

— D'accord…

Sans faire de bruit, il retourne à l'étage. Il sait que c'est le rôle du dragon.

— Bonne nuit, princesse.

Chapitre 5 — La rafle des fillettes

Il y a un château à la confluence de trois rivières avec la mer. Un château fort entouré de ces rivières filantes et de deux remparts. C'est là qu'habitait autrefois le roi de Reverfeat.

Désormais, c'est la demeure du Seigneur aveuglé par ses ambitions, Siegfried. Son premier mariage lui a donné un titre de noblesse, et son second l'a fait intégrer la famille royale. Avec son troisième mariage, il aspire à devenir roi.

Au fond de la salle du trône, une lumière colorée se déverse à travers les vitraux sur un siège situé en hauteur. C'est un trône magnifique et solennel fait d'ivoire et d'or, recouvert de cuir et de soie rouge. Cet homme a conquis le château il y a un an et un jour, toutefois, ce fameux siège reste encore hors de sa portée… à cause d'anciennes lois.

Bien qu'il se fiche des superstitions et des traditions en apparence, le Seigneur Ambition les craint en vérité. Il y croit car il a lui-même bénéficié de ces principes. Et c'est pour cela qu'il a un but à atteindre afin de surmonter cet obstacle. Qu'importent les sacrifices. Qu'importe à quel point le bas peuple le méprisera !

— J'épouserai la princesse Lala Lilia. Il ne peut en être autrement !

Aujourd'hui encore, il a crié cette phrase. Il serre le poing et agite sa belle barbe minutieusement entretenue par son barbier personnel.

— Je le jure sur toutes les étoiles qui scintillent dans le firmament. Je ferai de la princesse Lala Lilia ma femme !

La fille attentive à côté de lui jette un regard froid vers son père. Ses yeux sont d'un bleu si sombre que la distinction entre sa pupille et son iris est quasiment indiscernable. Il ne s'agit pas du bleu du ciel, mais de celui des abysses.

— Votre troisième épouse ?

— Oui.

Sa voix claire et limpide ne tremble ni ne vacille. Tout comme ce jour où son père a lancé une révolte contre le roi. Tout comme en cet instant où il épanche son égoïsme sans retenue. Il y a une raison à ce regard bien trop placide pour une jeune fille qui vient tout juste d'avoir dix ans. C'est un secret de polichinelle que tout le monde se murmure et chuchote.

— Une fillette de sept ans ?

— Oui ! clame-t-il avec désinvolture, dans un mélange de frustration et de désespérance.

— C'est peut-être normal pour la famille royale, père, mais qu'en dira le peuple… ?

— Le peuple ?

— Il vous verra comme un véritable dépravé.

— Je ne le fais pas par envie ! Si quelqu'un qui ne fait pas partie de la bienheureuse famille royale monte sur le trône, le pays s'effondrera. Je ne pourrai pas devenir roi sans royaume.

— C'est juste.

— Oh, Megan, ma fille, ma petite perle…

Le Seigneur Ambition tend les bras et étreint sa fille. Elle porte une robe bleue avec un tissu ample et de nombreux volants. Pour coller à son surnom, de multiples perles y sont cousues et s'entrechoquent. Ses sourcils blonds se froncent légèrement, mais reviennent aussitôt à la normale.

— Fais-moi part de ta sagesse. Ce sont tous des incompétents, des bons à rien. J'ai dépensé sans compter, j'ai déployé une montagne de soldats, et voilà qu'aujourd'hui, après… euh…

— Un an et un jour.

— Oui, un an et un jour ! J'ai perdu tellement de temps. Pourtant, ils n'ont toujours pas été capables de trouver la trace de la princesse Lala Lilia. Ils n'ont pas été fichus de retrouver une pauvre fillette de sept ans !

Damoiselle Megan s'agite doucement et se retire des bras de son père et de son étreinte superficielle.

Elle a été mise au monde durant le premier mariage de son père. Ses cheveux blonds sont si lisses qu'ils ne laissent rien paraître même après avoir été tressés. Elle a des yeux saphir et un teint de porcelaine. Son apparence élégante est telle qu'aucun artisan renommé ne pourrait reproduire pareille perfection. Elle a une beauté à couper le souffle. Mais il manque une chose essentielle à cette damoiselle dotée d'une splendeur sans le moindre défaut. Peu avant sa naissance, le Seigneur Ambition a procédé à un rituel. La cible de ses prières n'était pas un être venu des cieux, mais le Diable qui se trouvait dans les abîmes.

« Accordez-moi le trône ! En échange, je vous offre l'âme de mon futur enfant. »

Impossible de dire si le rituel a réussi ou pas, mais une fois née, sa fille n'avait pas d'âme. Elle ne pleurait pas, ne riait, ne s'énervait pas. Peu importe ce qu'elle voyait, entendait, touchait, expérimentait, le cœur dans sa poitrine ne vibrait jamais.

Il est donc convaincu que l'opération a été un succès. Il accédera au trône ! Pourtant, il ne trouve pas la princesse. Pas une rumeur à son propos, pas une apparition.

— Le deuil du roi et de la reine est terminé. Il n'y a plus rien pour empêcher mon mariage avec Lala Lilia.

— Père.

— Il ne me reste plus qu'à la trouver ! Si je pouvais mettre la main sur elle... !

— Père, insiste-t-elle d'une voix glaciale.

Ses yeux bleus à demi clos scrutent son père en pleine frénésie.

— Ah... Kof !

Il s'éclaircit la voix et s'empresse de reprendre sa majesté.

— Je t'écoute, ma fille, tu peux parler, dit-il après avoir finalement retrouvé son calme.

— Si vous ne trouvez pas le trèfle à quatre feuilles, pourquoi ne pas faucher la colline de la totalité de ses trèfles ?

Le Seigneur Ambition ne semble pas saisir tout de suite la signification des propos de sa fille. Il l'écoute la bouche ouverte, puis cligne des yeux, une, deux, trois fois... avant d'afficher un sourire.

— Mais oui. En voilà une idée !

— Une idée facile à appliquer, père.

Megan se retire gracieusement après une révérence, dans l'ombre du trône baigné par le soleil qui s'étend sur le sol.

— Quelqu'un ! Que quelqu'un vienne !

Et alors elle observe, sans un mot, sans une parole, les gardes se presser, vêtus de tuniques blanches resplendissantes, devant le Seigneur Siegfried leur ordonnant avec majesté :

— Capturez toutes les filles de sept ans qui se trouvent sur le territoire. Amenez-les toutes au château, peu importe leur rang !

Et c'est ainsi que la rafle commence. Tout cela à cause d'un seul homme.

※

Ils auront beau retirer la totalité des trèfles de la colline, ils ne trouveront pas celui à quatre feuilles s'il n'y est pas.

Que ce soit dans les fermes, les champs, les plaines ou encore au bord de la route. De la poitrine de leur mère, des bras de leur père, sous leur table, dans leur lit. Ces fillettes sont soudain enlevées à leur quotidien paisible. Peu importe qu'elles pleurent ou qu'elles tremblent, on ne les écoute pas et on les fiche dans des carrioles en direction du château. Sans recevoir assez à boire ou à manger, certaines décèdent avant même d'arriver à destination.

La rudesse du transport a été une faute grave. Si leur employeur l'apprenait, il réduirait leur solde. Les capitaines vêtus de blanc se débarrassent rapidement des cadavres en les jetant au bord de la route.

— Allez, allez ! Le seigneur n'attend pas !

Ils ne se donnent même pas la peine de les enterrer, et laissent les corps aux soins des bêtes sauvages, corbeaux et autres insectes.

En arrivant enfin au château, leur calvaire n'est pas terminé pour autant. Ces fillettes ont été séchées de toutes leurs larmes et n'ont même plus la force de sangloter. Elles sont poussées sans pitié vers la salle de réception.

— Allez, regarde par-ci.

Elles se soutiennent les unes les autres et ne peuvent que trembler.

— Tes cheveux, c'est une perruque... ? Hum, non. Et c'est la vraie couleur de tes yeux ?

Une par une, le Seigneur Ambition leur empoigne le menton, leur relève le visage et les scrute attentivement.

— Silence. Arrête de pleurer et de geindre ou je te coupe la langue. On peut changer très facilement la couleur de ses cheveux ou de ses yeux. Mais je ne me ferai pas avoir !

Elles sont terrifiées, affamées, assoiffées et épuisées. Il attrape leurs jeunes joues haletantes et les examine.

— Ouvre la bouche. Ne ferme pas les yeux. Hé, ne détourne pas le regard !

Après une inspection violente de leurs cheveux, il déclare :

— Non, non. Ce n'est pas elle non plus !

Puis il jette la fillette au sol sans aucune considération.

— Elle ne me servira à rien. Débarrassez-vous-en.

De jeunes corps gisent faiblement au sol. Aussitôt, des troupiers accourent auprès d'elles et les saisissent par les cheveux ou leurs membres frêles.

— Aidez... moi...

— J'ai mal.

Personne ne répond à leurs plaintes.

— Maman...

Ceux chargés de s'en débarrasser sont bien embêtés également. Les fillettes arrivent les unes après les autres, et sont toutes écartées après l'inspection. Les gardes n'ont aucun moyen de les déplacer directement. Alors, ils construisent un enclos temporaire dans la cour du château et les mettent dedans sans ménagement.

— Je veux rentrer chez moi, pleurniche l'une.

— Où est ma maison ? geint une autre.

— Pourquoi vous faites ça ?

— On n'a rien fait de mal.

Ces pleurs étouffés et ces voix faibles résonnent dans chaque recoin du domaine. Bon nombre d'entre elles mourront durant la nuit. Pourtant, ce n'est rien comparé à toutes celles qui sont encore amenées. En réalité, leur nombre ne diminue pas, au contraire, il ne fait qu'augmenter.

— Qu'est-ce qu'on va faire ?

— Oui, qu'est-ce qu'on peut faire ?

— Je sais vraiment pas.

— Ces gamines sont encore en vie. C'est pas comme se débarrasser d'un corps.

— C'est clair. Je ne pourrais pas me résoudre à tuer une gosse… la colère de Dieu s'abattrait.

— Est-ce qu'on les fourgue dans la prison ?

Quatre gardes en tunique blanche se creusent la tête dans les couloirs du château. Les bras croisés, ils sont plongés en pleine réflexion, tantôt écartant une idée, tantôt rejetant une autre.

— On n'a qu'à les mettre en cellule et attendre qu'elles s'affaiblissent et meurent.

— Oui, bonne idée !

— Non, c'est pas possible. La prison est déjà pleine.

— On ne devrait pas plutôt les ramener chez leurs parents ?

— Non, c'est pas possible. On sait pas du tout d'où on les a tirées.

— Exact, et ce serait compliqué de se renseigner pour chacune d'entre elles. On n'a ni le temps, ni les hommes, ni l'argent.

— Qu'est-ce qu'on va faire ?

— Oui, qu'est-ce qu'on peut faire ?

Tous grimacent les bras croisés. C'est alors qu'on entend le froissement d'un vêtement tandis qu'un doux parfum s'approche.

— C'est pourtant simple.

Une voix glaciale résonne lentement.

— Vous pourriez toutes les abandonner dans la forêt. C'est une bonne idée, non ? Il suffira de les laisser là-bas. La mort se chargera de les cueillir.

— Damoiselle Megan !

— Inutile de tergiverser. Ainsi, vous n'aurez pas à vous salir les mains.

Les hommes en tunique blanche acquiescent à la suggestion de ces yeux bleus. Ils ne doutent pas un seul instant qu'il s'agit de la façon la plus intelligente de procéder.

— Vous avez tout à fait raison.

— C'est la chose à faire.

Nous ne faisons qu'obéir aux ordres. Ce n'est pas notre faute, pensent conjointement les quatre soldats.

⁂

— **Reste sur tes gardes, Gideon.**

— Je sais, dragon.

C'est un matin brumeux.

Un mauvais pressentiment m'a poussé à sortir de notre cachette à l'aube. À l'approche de la lisière de la forêt, celui-ci se change en certitude. Il y a des traces de bottes clairement marquées dans la terre humide qui ont piétiné les buissons. Des hommes sont venus rôder aux abords de la Forêt Noire. Ils ne se sont pas engouffrés profondément, et sont partis aussitôt.

Qu'est-ce qu'ils sont venus faire ici ? Est-ce qu'ils ont fait mine d'entrer dans la forêt simplement pour plaire au Seigneur Ambition ?

J'étais naïf.

Je sens le sang glacé et la chair en décomposition. C'est l'odeur de la mort. Je suis cette odeur et écarte les fourrés.

— Oh !

J'étais bien trop naïf. Ils ont fait quelque chose de terriblement écœurant.

— Les ordures !

Ils ont jeté ces enfants, ces fillettes, aux habits et aux apparences variés. Elles ont toutes sans exception le même âge… celui de la princesse Lala Lilia.

— Les fumiers !

Incapables de trouver la princesse, ils ont enlevé absolument toutes les fillettes de sept ans !

Ces enfants qui n'ont plus que la peau sur les os se serrent les unes contre les autres. J'écarte les fourrés et me précipite vers elles.

— Tenez bon !

Les corbeaux s'envolent, leurs ailes noires agitant la brume.

— **Gideon. C'est trop tard**, m'annonce le dragon à travers son écaille.

Grâce à notre vision partagée, il a tout compris. Ces petits corps empilés ne respirent déjà plus. Il n'y a plus le moindre soupçon de vie en elles. Les volatiles ont becqueté les endroits charnus et picoré leurs yeux. Les insectes n'ont pas perdu de temps à pondre leurs larves.

— Quelle horreur !

Parmi ces corps sans vie, je remarque quelque chose. Des cheveux noirs en bataille tressés en une natte ornée d'un ruban vert.

— Mais qu'est-ce qu'ils ont fait ?

C'est la fille de l'aubergiste.

— Merde ! Bordel ! Fait chier !

Je serre les dents. Je me mords la lèvre et saigne.

— Si seulement je les avais trouvées plus tôt !

Je frappe le sol, puis les arbres. Ça ne suffit pas. L'aigreur qui me ronge le cœur et me darde le crâne ne disparaît pas.

Ce genre de chose n'est pas si rare, pas vrai ? Je pourrais l'accepter avec un léger sourire ? Est-ce qu'il faut abandonner ? Est-ce qu'on peut garder le silence ? Non, je peux pas l'accepter. Peu importe que je vive encore des dizaines ou des centaines d'années, c'est quelque chose que je ne pourrai jamais laisser passer !

— **Gideon Thorn.**

— Quoi... ?

— **Tu n'as pas à te blâmer pour ça. Elles étaient déjà très faibles quand elles ont été amenées ici. Il ne s'est pas écoulé beaucoup de temps depuis qu'elles ont été abandonnées.**

— C'est pas le problème !

Je n'ai pas pu les sauver. Je voyais encore cette fillette chanter l'autre jour. Elle jouait à la balle avec ses amies. Je lui ai adressé la parole. Elle était bien vivante, j'en suis sûr.

— Aidez... moi...

J'entends une lamentation étouffée.

— Aidez-moi...

Ce n'est pas une hallucination. Parmi toutes ces fillettes recroquevillées, il y a bien une voix.

— J'arrive ! Je vais te sauver !

Je repousse ces corps froids. Je vois une petite fille aux cheveux bruns. Sa poitrine gonfle et se contracte. À travers la vision du dragon, la faible lueur des êtres vivants m'apparaît...

— Elle est en vie !

— **Oui, elle s'accroche encore.**

Mais elle est frêle. Elle pourrait s'éteindre à tout instant. Je soulève son corps glacé et l'enveloppe dans ma cape.

— Tiens bon. Tu m'entends ? Est-ce que tu m'entends ?

Ses paupières tressaillent légèrement et elle ouvre les yeux.

— J'ai froid.

Je la serre fermement contre mon buste. Sa petite main s'accroche à moi comme si sa vie en dépendait.

— Tout va bien. Je t'emmène.

— Où... ça ?

— Dans un endroit sûr.

Je tiens dans mes bras son corps qui ne cesse de trembler.

— Je la ramène.

— **Entendu**, répond le dragon.

Je vois le ruban vert parmi ce brouillard laiteux. J'aimerais au moins pouvoir les enterrer.

— Pardon…

— **Les défunts attendront. Hâte-toi, chevalier Gideon.**

— Je sais ! J'arrive.

Je n'ai même pas le temps de me laisser gagner par le sentimentalisme ?

— **Tu peux encore faire quelque chose pour cette petite**, affirme-t-il.

Je sais bien, satané lézard. Ça m'énerve de l'admettre, mais il a raison.

— Je suis là.

— Ah, Gideon. Amène-la dans ma chambre !

Notre cachette dans l'arbre millénaire baigne dans un air chaud et humide. Le fourneau est allumé et la marmite bout en laissant une vapeur dense. Mais il en vient également depuis la pièce au sous-sol, où le dragon n'a pas cessé de réchauffer l'atmosphère. Ils ont sans doute préparé ça en attendant mon retour. C'est intelligent. Il faut réchauffer son corps glacé. Cela dit, présenter un dragon à une enfant affaiblie, c'est l'assurance de la faire s'évanouir. Je monte les escaliers quatre à quatre et la princesse m'ouvre aussitôt la porte de sa chambre. Elle va vers son lit et soulève la couverture.

— Là !

J'allonge le petit corps de la fillette, mouillé par la brume glaciale. La chaleur du dragon a bien réchauffé l'étage et la gagne à son tour. L'eau peut prendre de la chaleur, mais en donner également.

Faites qu'on soit arrivés à temps.

— Il fait bon…

Le sang revient doucement à ses joues glacées.

— Tout va bien. Tu es en sécurité, ici.

La petite tend une main tremblante comme si elle essayait d'agripper quelque chose. La princesse la saisit avec ses deux mains et la lui serre. Ses lèvres gercées frémissent.

— Tu es en danger. Tu dois fuir.

— Non, ne t'inquiète pas, répond la princesse.

— Non, enfuis-toi.

Tout le corps de la petite tressaille de manière irrégulière.

— Pourquoi ? demande la princesse.

— Sinon ils vont t'attraper et te conduire au château.

Ah, mon pressentiment était avéré.

— Ils ont emmené... toutes les filles de sept ans. Certaines sont mortes sur le chemin. Certaines ont eu les cheveux arrachés. Certaines ont eu les bras cassés... et d'autres choses encore pires. Haa...

Ses yeux s'ouvrent en grand et son visage convulse.

— Ensuite, ils nous ont laissées dans la forêt. Il n'arrêtait pas de dire que « Ce n'est pas elle ».

— Ne t'inquiète pas, personne ne va te faire de mal, ici.

— Ah... Haaa...

Des larmes coulent des yeux de la fillette. Je peux seulement les essuyer. Elle respire fort, comme le vent qui s'engouffre dans les arbres en hiver.

— Qui a dit ça ? lui demande la princesse.

— La personne la plus importante du château, dit-elle avant de fermer les yeux.

— Elle s'est assoupie ?

— Oui, elle dort, répond Gideon.

Je peux voir que sa poitrine se lève et s'abaisse sous la couverture.

— Elle a dû avoir si peur, soupire d'inquiétude la princesse.

— Oui, certainement.

Nous sortons de la chambre et fermons la porte. Nous descendons les escaliers, alors que la princesse murmure :

— C'est à cause de moi ?

— Non.

Je me retourne et lui prends la main, tout comme elle l'a fait pour cette petite. Je me tiens en bas des marches, et elle plus haut. Nos regards sont à la même hauteur. Je lui serre la main avec les miennes et lui dis en pesant bien mes mots :

— Ce n'est pas votre faute.

— Je pars de la forêt. Je ne peux pas laisser d'autres filles mourir à cause de moi.

Je suis abasourdi. C'est la première chose qu'elle déclare en descendant à la cave. Non pas que je ne m'y attendais pas.

— C'est trop dangereux.

À ma propre surprise, je lui réponds sans réelle conviction. Ce ruban vert ne disparaît pas de mon esprit. C'est le même ruban que celui dans les cheveux roux de la princesse qui se tient bien droite devant moi.

— Ne t'inquiète pas, je ne vais pas aller au château. Je veux juste qu'il sache que je suis là, déclare-t-elle.

Malheureusement, elle est dans le vrai. Cette petite de sept ans a bien conscience de la réalité. Que ce soit le sens des actions du Seigneur Ambition ou son objectif. Personne ne lui a dit, elle a tout compris… mais non, on ne peut pas !

— Non ! Non, non, non !

Ce n'est pas le moment d'être en admiration.

— Comment je pourrais ne pas être inquiet ?!

— Quand ils sauront où je suis, ils n'auront plus besoin d'enlever des filles au hasard.

Voilà, elle l'a bien compris !

— Vous êtes en train de dire que vous comptez servir d'appât ?!

Visiblement, je ne suis pas le seul qui soit paniqué. Le dragon la fixe avec un regard perçant et agite la tête. Il ouvre ses ailes, les referme, les rouvre… et c'est la première fois que je l'entends avoir la voix aussi perçante. Devant ces deux anciens affolés, la princesse ne cille pas d'un pouce.

— Oui. C'est à moi de l'arrêter, acquiesce-t-elle calmement.

— Mais… !

Elle lève sa petite main pour interrompre le dragon.

— C'est vous-même qui l'avez dit, Vénérable. Vous vouliez que je devienne quelqu'un qui n'écraserait pas une fleur dont j'ignore le nom. Ce n'est pas la même chose ?

— Eh bien…

Retournant ses mots contre lui, elle a même rabattu son caquet au lézard. Celui-ci baisse la tête et ferme les yeux.

Où est passée son attitude flegmatique ? Allez, ne t'arrête pas là. Essaie de raisonner la princesse, Vénérable !

— Je pense que le moment est venu. Celui dont parlait ma marraine la fée.

Ah. Cette fois, il n'y a plus rien à répliquer. Cette prophétie nébuleuse colle parfaitement à cet instant. Maintenant qu'elle s'est accomplie, il faut qu'on passe à la suite.

Le dragon me regarde. Je le fixe également. La même pensée nous habite.

Elle nous a eus. En beauté.

— Mais avant ça, je vais aller donner de la soupe à cette fille, déclare la princesse avant de trotter jusqu'à l'étage.

— Ah, d'accord. Je trouvais aussi qu'il y avait une sacrément bonne odeur. C'était donc la soupe…

Elle a pu réfléchir durant le peu de temps que j'ai mis à revenir ? Et en plus, elle a mis son idée en pratique ?

— Elle est admirable.

Elle a complètement écarté mon affirmation que la vertu et la compassion ne sont que des beaux discours, et elle a saisi le problème à bras le corps.

C'est normal, la princesse a toujours vu la vraie nature des choses.

De plus, elle possède la sagesse et la ténacité de ne pas se sacrifier sans réfléchir. Elle a dit qu'elle révélerait seulement sa position. Elle n'ira pas au château et ne se laissera pas attraper par le Seigneur Ambition. Ce n'est pas une décision qu'on prend sans une confiance inébranlable. Oui, elle sait que même si elle quitte la forêt, le dragon et moi serons là pour la protéger.

— Elle a vraiment grandi pour devenir quelqu'un de majestueux, notre princesse.

— Elle l'a toujours été. Celui qui l'a révélée, c'est toi, affirme le dragon.

— Peut-être bien.

J'écoute distraitement et c'est là que je percute.

Est-ce qu'il viendrait pas de me faire un compliment ?

— Dis pas de sottises. C'est grâce à nous deux, non ?

Ses pupilles se dilatent et se contractent aussitôt. Ses écailles s'agitent et renvoient la lumière. En plissant les yeux, je réalise qu'elles sont légèrement affilées.

— Bah, qu'est-ce qui t'arrive ?

— Rien, c'est juste que d'être ouvertement complimenté par toi, c'est… perturbant.

Ah, oui, forcément.

— Pfff, je peux en dire autant, dis-je en tournant la tête.

C'est alors que je ressens une secousse. Légère, mais anormale. Quelque chose d'étranger à cette maison y est apparu. J'ai des frissons, alors que les écailles du dragon sont toutes relevées. Au moment où nos regards se croisent, on entend un cri.

— Princesse !

— Fonce, Gideon !

— Ouais !

Je me précipite dans l'escalier. J'attrape mon épée et mon bouclier suspendus au mur. Je vais en avoir besoin. Nous ne sommes plus en sécurité.

Le plafond au-dessus de ma tête grince. Quelque chose de lourd se tient sur le sol de l'étage. Je n'ai ressenti aucun mouvement. Il est arrivé là d'un coup, dans la chambre de la princesse ! J'ouvre la porte d'un coup de pied et bondis dans la pièce. Un monstre se trouve sur le lit renversé : une immense araignée avec ses huit pattes arc-boutées. Un coup d'œil me suffit pour comprendre qu'il ne s'agit pas d'une créature de ce monde. On croirait un assemblage de fragments de pierres précieuses multicolores. Comme si un vitrail s'était changé en un objet en trois dimensions. Elle dégage une sorte de solennité. Dans d'autres circonstances, j'aurais même pu lui trouver une certaine beauté. Si la princesse ne pendait pas à l'une de ses pattes, enroulée dans de la soie !

— Princesse !

Je dégaine mon épée. Non, je l'avais fait avant même de bondir dans la pièce.

— Gideon !

La princesse se débat alors que le fil s'entortille de plus en plus.

— N'essayez pas de vous dépêtrer, princesse, conseille la propriétaire de l'araignée.

L'araignée crache du fil, et celui-ci s'étend jusqu'à obstruer la bouche de la princesse.

— Mh ! Mmh !

— Voilà, je vous avais prévenue.

— Orduuuure !

— Vous arrivez trop tard, chevalier, se vante-t-elle.

De sa main droite, elle caresse tendrement la créature iridescente.

— Enflure !

Mes lèvres se déforment et des frissons me parcourent. Devant moi se tient la petite qui se moque de moi. Celle-là même qui a survécu à la rafle de fillettes. Celle que j'ai emmenée moi-même ici !

— Mais… qui es-tu ?

La fille tremble de tout son corps en rigolant. Colère, impatience, frustration, regret… Ce mélange d'émotions enserre mon cœur et le comprime. Je ravale cette nausée qui m'assaille et m'apprête à abattre mon épée.

— Tu n'as pas encore compris ?

Elle me regarde. Non, elle le regarde à travers moi.

— Ô Spike Scale, noble et fort dragon rubis.

J'ai l'impression d'être déchiré en deux.

Comment est-ce qu'elle pourrait connaître ce nom que seuls ses proches utilisent ?

— Dire que je n'ai pas arrêté de t'appeler…, murmure-t-elle.

Son apparence se métamorphose. En un clin d'œil, sa silhouette s'altère telle une réflexion à la surface de l'eau. Sa peau devient mate, ses cheveux bruns virent à l'argenté et même ses habits changent. Sa jupe banale et son chemisier se défont, et elle se drape d'un vêtement évoquant une toile d'araignée noire. Cette soie adhère parfaitement à sa peau, la laissant transparaître par endroit. C'est une tenue très étrange et exotique. Toutefois, mes pensées bouillonnent.

Est-ce que je l'aurais déjà rencontrée ?

— Pourquoi n'es-tu pas venu à mon secours ?

Des larmes perlent à ses yeux couleur ambre. Elles affleurent, frémissent et semblent sur le point de couler.

— Comme tu l'as fait pour cette enfant… ajoute-t-elle d'une voix frémissante.

Ses yeux ouverts changent de couleur pour se teindre en noir, la pupille se dardant de rouge. Le dragon rugit. Ce mugissement fait vibrer mes oreilles, le sol, les murs et la maison tout entière. Et ça ne s'arrête pas là. Je sens ses pensées transpirer à travers son écaille. Ses émotions submergent mon cerveau tel un geyser. Des étincelles s'embrasent dans mes yeux, et le monde se déforme.

Les regrets, l'impatience, la tristesse, la frustration et le ressentiment envers soi-même. Ces émotions noires qui se déversent à travers son écaille sont les mêmes qui m'ont agité quelques heures auparavant.

Merde ! Non !

Pourquoi ? Pourquoi ?!

Pourquoi n'ai-je pas...?!

Qu'est-ce que j'aurais pu... ?!

Les mêmes sentiments résonnent et me tourmentent d'autant plus.

— Ah !

L'écaille dans ma poche gauche commence à chauffer. Je me brûle les doigts en tentant de la retirer. Un feu pâle me consume et m'enveloppe en un éclair.

— Aaaaah !

L'extérieur de mon corps s'embrase sous l'effet de cette flamme blanc bleu, alors que l'intérieur est déchiré par une lame lourde, froide et émoussée. Je n'arrive pas à l'arrêter, même si je sais pertinemment que c'est mon bras qui la manie.

— Princesse... !

Les mots me quittent et mes pensées se délitent. Je suis englouti par la frénésie du dragon. Je ne parviens pas à m'y opposer et me laisse entraîner.

— Prin... cesse...

Finalement, je perds connaissance.

Chapitre 6 — Le dragon et la princesse

Il était une fois un pays qui ne connaissait pas d'hiver.

Il était situé loin au sud de Reverfeat, bien au-delà des forêts, des lacs et des mers.

Qu'est-ce que c'est ?

La lumière du soleil y était éblouissante, et la mer scintillait d'un bleu étincelant. Bénéficiant d'une eau abondante et de la mer, c'était un endroit à l'atmosphère humide. Les gens qui habitaient là avaient tous la peau brune, des cheveux noirs et des yeux couleur ambre.

Ah, je suis dans ses souvenirs. Je me trouve dans la tête du dragon.

Le pays était gouverné par une reine belle et bienveillante, et sa fille, couvée d'amour, avait grandi rapidement.

Cette fille ! Ses cheveux et ses yeux sont différents, mais c'est sûrement cette sorcière qui a enlevé la princesse avec son araignée...

Le monde vu à travers les yeux du dragon est vif et débordant d'informations. Je me sens étourdi. Mais cette immaturité... Il n'a pas encore son calme d'aujourd'hui.

Un jour, le dragon provenant de la forêt au nord est arrivé jusqu'ici. En entrant dans les bois, il a admiré ce paysage couvert de fleurs. Il a goûté la douceur de fruits inconnus. Là, il est tombé par hasard sur la princesse qui s'était éclipsée du château.

— D'où est-ce que vous venez, beau dragon aux écailles rouges ?

Les habitants de ce pays sans hiver vivaient en harmonie avec les dragons depuis des temps immémoriaux. Elle n'était donc pas effrayée.

— J'arrive d'une contrée froide très loin au nord, charmante princesse.

Effectivement, c'était encore un jeunot, à l'époque.

— Je m'appelle Inez Mou. Ça signifie « bénédiction du soleil ».

— Et moi Spike Scale. Ça signifie « écailles pointues ».

— Vous plaisantez ? Vos écailles sont si lisses et douces.

— C'est parce que je suis avec vous, Inez Mou.

C'est ainsi que la princesse et le dragon sont devenus amis.

Avec elle sur son dos, il a survolé la forêt et la mer.

— C'est magnifique. Dire que vous pouvez observer ce genre de paysages quand vous le souhaitez.

Finalement, le moment était venu pour lui de s'en aller. Le jeune dragon voulait voyager tout autour du monde. En voir et en découvrir davantage.

C'est un intellectuel de nature, alors ?

— Ne partez pas, Spike. Restez avec moi pour toujours.

— Quand ce périple sera terminé, je vous jure que je reviendrai auprès de vous, Inez Mou.

Cette promesse était véridique, en tout cas à ce moment. En guise de preuve, il lui offrit une de ses écailles.

— Portez ceci sur vous, princesse. Ainsi, nous serons toujours connectés, peu importe la distance.

— Oh, merci.

Et le dragon reprit sa route vers l'horizon lointain. La princesse ne se sentait pas du tout seule. Car à travers cette écaille, ils restaient liés.

— Votre écaille est si dure que je n'ai pas pu y faire un trou.

Elle l'avait mise dans un pendentif doré.

— C'est la même couleur que vos yeux.

— **Ça me fait plaisir, princesse**, lui dit le dragon par télépathie.

Les saisons avaient défilé depuis qu'il avait entamé son voyage.

Or, un jour, des envahisseurs arrivèrent au pays sans hiver par la mer.

Ils étaient rusés. Au départ, ils avaient agi comme des amis, afin de gagner la confiance de la reine et de son peuple, mais ils montrèrent rapidement les crocs.

— Spike, au secours !

La princesse demanda son aide au dragon.

— Des combats ont commencé. Quelque chose m'observe de l'autre côté de la nuit noire.

— **J'arrive, Inez Mou. Je serai bientôt là !**

Il s'envola, oubliant même de dormir ou de manger. Néanmoins, il se trouvait bien trop loin de sa destination. Pendant ce temps, une terrible bataille se déroulait dans le pays sans hiver. Finalement, la reine perdit la vie aux mains de l'ennemi.

— Je suis anéantie, Spike. Mère est morte.

— **Ne pleurez pas, Inez Mou. J'arrive bientôt jusqu'à vous.**

— Par pitié, venez vite. Une chose m'observe. Elle se rapproche peu à peu. C'est sans doute une chose néfaste.

L'envahisseur assaillit le château et la princesse dut s'enfuir avec son chevalier.

C'est une histoire qui se répète encore et encore au fil des siècles et des millénaires. Mais... pour ma princesse, c'est un drame incomparable. Et c'est pareil pour elle.

— J'ai peur, Spike. Elle m'appelle. Elle me murmure de regarder dans la nuit noire.

— **Je suis bientôt là, princesse !**

Le dragon continua à voler désespérément. Même si ses écailles se détachaient et que ses ailes étaient blessées, il poussa sans se reposer. Il faillit tomber dans la mer de nombreuses fois, pourtant, il continua à filer. Cependant, il n'arriva pas à temps.

— Princesse, allons dans une autre cachette. Nous serons en sécurité là-bas.

Elle fuit en suivant son chevalier. Mais ce qui l'attendait, c'étaient les poursuivants ennemis.

— Voilà votre cadeau. Comme convenu, vous épargnerez ma vie, pas vrai ?

— Pourquoi ? Comment avez-vous pu faire ça, chevalier ?!

— Je ne suis plus à votre service.

— Ah... Haaaaaaaaaaaaaaa...

Au moment où elle fut envahie par le désespoir, la princesse entendit cette voix qui n'arrêtait pas de l'appeler dans la nuit noire.

— Approche, Inez Mou, princesse qui a reçu la bénédiction du soleil. Laisse-moi m'insinuer en toi.

— **Princesse, non ! Vous ne devez pas l'écouter**, cria le dragon.

— Je n'ai plus confiance en personne ! hurla-t-elle.

Elle arracha son pendentif et le jeta. Puis elle s'abandonna aux ténèbres pour ne faire plus qu'un avec eux. Elle accepta ce mal qui se tortillait dans la nuit noire.

— Jamais je ne vous pardonnerai !

Le dragon épuisé arriva enfin. Il y vit la princesse teintée du sang rouge de ses poursuivants et de l'homme qui l'avait trahie. Ses cheveux avaient perdu leur couleur et viré à l'argenté. Ses yeux étaient devenus noirs et ses iris rouges. Versant des larmes d'encre, la sorcière riait à gorge déployée.

— Je n'ai plus confiance en personne ! Chevalier ou dragon, il n'y a de bon nulle part !

※

Je rouvre mes paupières.

Elles sont lourdes, comme si elles étaient sous des pierres. Je plisse mon front avec la force qui me reste. Devant moi, je vois un bol de soupe renversé.

— Princesse. Princesse !

J'appuie mon coude contre le sol et soulève ma tête avec difficulté. Elles ne sont plus là. Ni la princesse, ni la sorcière aux cheveux argentés, ni l'araignée mosaïque.

— Merde !

Ma colère s'embrase et je recouvre mes esprits.

— Comment sont-elles sorties de cette pièce ?

Cette énorme araignée n'aurait jamais pu passer par la fenêtre ou les escaliers. Pourtant, rien n'a été cassé.

— Je vais les retrouver.

Est-ce que mon corps peut bouger ? Mes mains sont toujours là, et je sens mes jambes. Seulement, je n'ai plus de force.

— C'est pas ça qui va m'arrêter !

Soudain, une douleur me transperce la poitrine. C'est insoutenable et je m'effondre.

— Bon sang ! Qu'est-ce qui m'arrive ?

J'endure la douleur et c'est là que je réalise... ni la chambre ni mon corps ne se consume ? J'étais pourtant enveloppé d'une flamme blanc bleu. Cette chaleur étouffante qui m'entourait... est encore bien vive à mes sens. C'était un rêve ? Une illusion ? Hou-là, doucement, une petite minute. Ça sent le cramé.

— Ah, ça brûle !

Ma veste et ma chemise partent en fumée. Je me soulève vite et tente d'éteindre ce feu en tapant dessus. Mais la chaleur ne s'en va pas. Ne le supportant plus, j'arrache mes vêtements.

— Qu'est-ce que c'est ?!

Mon dos se contracte et j'ai des frissons. C'est la première fois de ma vie que je suis si épouvanté en voyant mon corps. L'écaille du dragon a brûlé dans ma poitrine. Pire, elle a fusionné avec ma peau et ma chair. Je la touche nerveusement du bout des doigts… Elle ne fait plus qu'un avec moi. Si je voulais la retirer, je n'aurais d'autre choix que de me faire un trou dans la poitrine.

— Comment c'est possible… ? Hé, dragon !

Pas de réponse.

— Tu fais la sourde oreille ?!

Un mauvais pressentiment m'assaille. Et si cette flamme ne m'avait pas consumé moi, mais…

— T'es une sacrée plaie, mon vieux dragon.

Je tends le bras et ramasse mon épée.

— Si c'est comme ça, je vais venir te réveiller de force !

Ma lame est large et le manche si long que je peux la saisir à une ou deux mains. Elle ne possède pas la griffe d'un fameux artisan et n'est pas non plus une arme de légende. Mais c'est un acier travaillé avec diligence par un forgeron expérimenté. Je m'appuie dessus en titubant.

Je me tiens solidement sur mes jambes et me relève. Mon corps craque de partout, mais je n'y prête pas attention. Je dois juste me lever !

— Allez, on y va !

Bon, où est mon bouclier ?

Une silhouette apparaît dans mon champ de vision. Il n'y avait personne un instant auparavant. Elle est apparue sans s'annoncer. Sans émettre aucun son, aucune voix, aucune couleur.

En fait, elle ne projette même pas d'ombre au sol.

Chapitre 7 — L'arrivée des ombres

Je n'en reviens pas.

— Rob…

Devant moi se tient Robert, le capitaine des chevaliers. Mon meilleur ami que je n'aurais jamais cru revoir un jour.

« Je reste derrière. Gideon Thorn, toi, pars avec la princesse. »

Je ne l'ai pas oublié une seule seconde depuis ce jour où nous nous sommes dit adieu dans ces plaines ternes.

— Tu as survécu ?

Rob ne dit rien.

— Pardon. La princesse a été enlevée, mais je vais tout de suite aller…

Il ne me laisse même pas le temps de finir mes excuses vides. Sa réponse est une volée de fer.

— Rob ?

J'ai inconsciemment perçu le bruit de l'épée dégainée, car je lève aussitôt la mienne pour parer le coup. La vibration parcourt ma main, mon bras, mon épaule jusqu'aux tréfonds de mon corps. Nous nous regardons à travers nos lames qui se confrontent. Rob ne bouge pas d'un cil. Ses yeux sont telles des billes de verre et ne renvoient aucune émotion.

— Pourquoi ?!

C'est la sorcière déguisée ? Ou bien une illusion vicieuse ? Non, cette maîtrise de l'épée est sans aucun doute celle de Robert. Il a croisé le fer avec moi de nombreuses fois lors de nos entraînements, c'est pourquoi j'en suis sûr.

Il pousse lentement sa lame… vers moi. Mince, je ne vais pas réussir à lui résister. Je saute en arrière pour esquiver le combat, mais mes mouvements sont lourds. Bon sang, la brûlure de tout à l'heure m'a bien affaibli. Je n'arrive pas à m'écarter ! Une série d'attaques me suit. Je les repousse tantôt à gauche, tantôt à droite. Chaque coup est extrêmement pesant. S'il parvient à dévier mon épée, sa lame pénétrera mon corps. Je tente de lui répondre et je fais de mon mieux pour résister. Mais je ne parviens plus à bouger, et ne peux que battre en retraite, sans réussir à prendre l'ascendant.

Les lames s'entrechoquent à de nombreuses reprises. Pourtant, je n'entends aucun son. Seule ma respiration traversant ma gorge titille mes oreilles.

C'est injuste. Mon adversaire n'est pas du tout essoufflé.

Mon talon se heurte au mur. Je suis coincé, je ne peux plus reculer. L'impatience fait oublier comment faire des gestes mesurés, elle obscurcit notre vue, désoriente notre ouïe, et mon opposant en a profité. Le prochain coup viendra de la gauche…

— Rah !

Il m'a eu. J'ai loupé le coche. Les épées se séparent dans un grand mouvement et mon arme fend le vide. Est-ce qu'il va m'attaquer par le haut ? Le côté ? Je l'entends soudain. Le son d'une épée fauchant de l'herbe sèche. Je m'abaisse aussitôt, tandis que Rob fend le vide, là où se trouvait mon cou. Une taillade qui m'aurait décapité sans une hésitation. Il est bien décidé à me tuer. Je suis assuré d'y laisser ma peau si je ne lui fais pas face avec toute ma force et ma maîtrise.

Des morceaux de fleurs s'éparpillent. Un son sec, et ce sont les glands qui tombent au sol. La couronne m'a sauvé. Cette couronne faite d'herbe, de lierre et de baies qui a été suspendue par la princesse.

Je ne peux pas mourir. Elle m'attend.

De l'autre côté de la pièce, mon bouclier tombe à l'envers. Après un tel élan, j'ai encore du temps avant que Rob n'attaque à nouveau. C'est peu, mais suffisant pour que j'y arrive. Je dois prendre mes distances !

— Ah !

Je glisse au sol en me faufilant entre ses jambes grâce aux glands éparpillés. Il est surpris par ce mouvement ridicule qu'on n'attendrait pas de la part d'un chevalier. J'ai encore tout le temps de contre-attaquer. Il se retourne avec difficulté. Je marche sur le bord de mon bouclier en me relevant et j'appuie de toutes mes forces.

Mon écu bondit en tournoyant. Avant, arrière, avant… arrière.

Rob est un honorable chevalier, ainsi qu'un homme sérieux. Son extrême diligence l'empêche de suivre un mouvement aussi erratique. Je saisis le bouclier avec ma main gauche. Rob bouge lentement, comme s'il nageait dans de la gelée. Ça ne signifie pas pour autant que je suis incroyablement rapide. Une vibration, un choc, puis un bruit. Le bouclier et l'épée se rencontrent. Le premier sert à se protéger. Quand il est question de se défendre, il surpasse la seconde. Cette fois nous sommes à égalité et je ne me fais plus repousser. Le visage qui tient cette épée reste toujours sans expression.

Tu pourrais au moins froncer un sourcil. Montrer un soupçon de rage !

— Pourquoi, Robert… ? C'est pourtant bien toi qui m'as dit d'emmener la princesse Lala Lilia pour fuir !

Le silence pour réponse. Sa lame racle la surface du bouclier dans un bruit à vriller les oreilles. Je prends ma respiration et je me décrispe. Je tords mon torse et balance mon écu pour dévier sa poussée. Rob tombe vers l'avant et perd l'équilibre. C'est ce que j'attendais.

— Raaaaah !

Je crie. Je rassemble les quelques étincelles d'énergie qui me restent dans mes membres raides, au fond de mon estomac et au cœur de ma poitrine. Je mets tout le poids de mon corps dans mon épaule et le percute. L'ennemi perd son épée, traverse la porte ouverte, le petit couloir, et heurte une autre porte, puis tombe en arrière... Moi, je ne l'ai pas suivi dans sa chute.

Oui, c'est un ennemi.

Cette fois, nos corps s'entrechoquent. Ce n'est pas comme lorsque je l'ai chargé. Mais je me tiens prêt. Quand je lui suis rentré dedans, je préparais déjà mon prochain coup. Je lève mon arme au-dessus de ma tête et l'abats sur sa droite.

— Lààà !

Je le fauche avec mon inertie. Rob tente de se relever aussitôt, mais il n'est plus en position. Son bras et son épaule, ainsi que l'épée dans sa main ne forment plus un mur protecteur. J'en profite alors pour tailler sa chair à travers un interstice de son armure et sectionner un os.

Robert était un homme dont j'étais fier d'être l'ami. Quelqu'un sur qui on pouvait s'appuyer en toute circonstance. Le capitaine des chevaliers, autrefois animé d'un esprit noble, se fait trancher en ligne droite au buste et s'effondre d'un coup. J'enfonce mon épée et l'observe. Aucune goutte de sang ne ruisselle de la plaie béante.

— Évidemment... tu es mort ce jour-là...

Comment ai-je pu le fantasmer un instant ?

Je suis indifférent.

C'est rageant.

Aucune larme ne coule.

Je suis vide.

Quelqu'un marche sur un gland. J'entends un craquement. Je n'ai pas encore rabattu mon épée. Je ne réussis pas à basculer assez vite sur la gauche en me retournant. Un coup me taille le bras et une bruine écarlate se disperse soudainement. Il y a un visage familier et inexpressif tacheté de rouge.

— Greg... C'est pas vrai ?

« Greg l'Éclair ». Personne ne pouvait résister aux coups fulgurants de ce géant.

— Tu as aussi perdu ton honneur de chevalier ?

Ma bouche se déforme et mes paupières tremblent.

— Comment as-tu pu m'attaquer dans le dos !

Ma voix se noie dans un son de chair tranchée. Je passe mon épée à travers l'interstice de son armure et traverse son cœur jusqu'à sa colonne.

— C'est pas vrai. C'est pas possible...

J'étais là pour ses derniers instants. Mes oreilles étaient bien là pour entendre son dernier souffle sifflant.

« Greg l'Éclair » se change en poussière noire à partir de l'endroit où je l'ai transpercé et s'évapore dans un bruissement.

Non. Non, ce n'est pas lui. Vivant ou mort, ce n'est qu'une copie.

Il tombe comme des cendres ou des feuilles mortes, sa peau se décolle, ses yeux chutent, ne laissant plus que ses os visibles, et eux aussi finissent en poussière.

C'est une reproduction excessivement fidèle. Un faux.

La dernière chose que je vois, ce sont ses yeux vides qui me regardent.

C'est un faux !

— Je le sais, pourtant. Je suis le seul qui reste...

Une deuxième personne marche sur un gland. J'entends un craquement. Je sens un coup dans mon dos.

Une chose terrible vient d'arriver à mon corps.

La peau est ouverte, laissant apparaître la chair.

On m'a attaqué.

Avec le choc et la chaleur, la douleur ne me parvient pas encore. Mes vêtements sont trempés dans mon dos par le sang. Je dois répliquer avant que mes forces m'abandonnent ! En me retournant, je vois le cauchemar se poursuivre. C'est mon ami Robert qui a sa lame ruisselante de sang. Mon visage grimace et ma gorge se serre.

L'enfoiré.

Il se tient debout comme si rien ne s'était passé.

Est-ce que la blessure n'était pas assez profonde ?

J'aurais dû lui porter le coup fatal. Je ne dois pas me relâcher avant qu'il ait disparu en poussière.

Une troisième personne marche sur un gland. J'entends un craquement.

Les ténèbres dans la pièce se font plus intenses. Je remarque qu'il y a trois hommes familiers autour de moi.

— Personne ne vous a appris... à toquer... ?

Au fur et à mesure que la tache dans mon dos s'étend, la douleur se fait de plus en plus sentir.

— Pas encore... Je ne vais pas m'avouer... vaincu...

Ma conscience est aspirée par le sol, et la force quitte mes genoux. Je n'ai même plus l'énergie de serrer les dents. Ma mâchoire s'affaiblit et se relâche malgré moi.

— Haa... Haa... Haa...

Mon bouclier et mon épée sont lourds. Peu importe mes efforts, sa pointe ne reste pas levée.

— Oh ?

Mon genou touche le sol. Ma vision s'abaisse.

Bon sang, même mes genoux lâchent ?

À chaque battement de cœur, ma force vitale est poussée hors de mon corps. Mon dos est complètement moite. Ce qui dégouline, ce n'est pas de la sueur, mais du sang.

Allez. Lève-toi. Vas-y.

— Ha... Haaa...

Je ne parviens qu'à haleter.

J'ai réussi à ne pas m'effondrer. Je dois me lever. Allez, vite ! Il reste encore des ennemis.

Oui, ce sont des ennemis.

Ils sont tous morts. Je suis le seul survivant.

Incapable de respecter le dernier souhait de Rob, j'ai laissé la princesse se faire enlever sous mes yeux. Le sacrifice de mes camarades a été inutile. Ils sont tombés pour me permettre de vivre, et leurs vies n'ont servi à rien. Mes fiers amis ne sont désormais plus que des pantins sans douleur ni émotion, juste bons à se battre. Ils m'ont attaqué dans le dos, alors que ce sont des chevaliers bien plus dignes que moi. Je suis le seul à en avoir réchappé. Quelqu'un comme moi a survécu !

— Haa... Haa... Haa...

Je n'ai pas pu sauver ces fillettes. Et j'ai permis à la sorcière de s'infiltrer en profitant de mes remords. Puis je me suis effondré au moment crucial alors même que la princesse n'arrêtait pas de m'appeler...

Je reprends mon souffle avec difficulté. J'en ai oublié comment fermer les yeux. Ils me piquent, tandis que mes lèvres sont sèches et gercées, et que de la salive amère emplit ma bouche. Ma poitrine me pèse, ma gorge est nouée, j'essaie de relever les épaules, mais respirer me fait souffrir. Mon corps se refroidit. Mon dos ouvert est chaud.

— Ah...

Robert se trouve devant moi. Il agite son épée avec rigidité.

— Pardon.

Je baisse la tête.

Je ne peux plus voir ton visage.

Une petite flaque de sang se forme sur le sol.

Elle va très rapidement s'étendre.

— Pardonne-moi, Rob...

— Groah !

Mon champ de vision se teinte de rouge. Cependant, il ne s'agit pas du rouge du sang, mais de celui du feu. Une flamme ardente a transpercé le mur. Elle a traversé la porte, le couloir et même le mur de l'autre pièce en ligne droite, en soufflant les chevaliers sans ombre. Elle a mis dans le mille. Ce brasier engouffre leurs torses, et le reste de leurs corps se change en poussière noire et tombe en miettes... sans pour autant exhaler l'odeur de la chair brûlée.

Il n'y a plus que moi.

Non, à travers le trou dans le mur roussi, la tête du dragon apparaît brusquement.

— T'en as mis du temps...

— Mes excuses, répond humblement le dragon.

— Tu as même démoli la chambre de la princesse.

L'arbre millénaire a été perforé d'une ouverture bien trop grande pour qu'on puisse parler de fenêtre.

— C'était une urgence.

— Ouais, c'est vrai.

À la confluence où trois rivières se rejoignent pour se jeter dans la mer, dans un château surplombant la baie, au sommet d'une tour à la vue imprenable se situe la chambre d'une jeune damoiselle.

Avec la fenêtre ouverte et les rideaux tirés, la pièce élégante est illuminée par les rayons du soleil. Sur l'un des murs se trouve un miroir recouvert d'un drap de soie bleue. De forme ovale, il est bien plus grand qu'un adulte. Le cadre est fait d'or et d'argent polis. Les motifs sculptés représentent d'innombrables défunts en souffrance. Les jeunes, les vieux, les riches, les pauvres, tous se prosternent devant la mort. L'or est à droite, l'argent à gauche. À leur croisement en haut est incrusté un crâne minutieusement ouvragé. C'est un objet magnifique qui a été taillé dans un large saphir. Megan place ses mains sur le bord du miroir et fixe sa surface. Ses lèvres en forme de pétales se changent en un sourire inhumain.

Immédiatement, sa surface s'illumine. Le miroir grince, comme s'il était poussé de l'intérieur... mais tient bon. Megan gémit et se cache les yeux avec ses mains pâles. À son doigt, une bague en saphir de forme opposée à celle du miroir. Après que les flashs s'arrêtent, le miroir ne reflète plus rien. Il ne demeure que les ténèbres.

— Ils résistent inutilement, murmure-t-elle sur un ton monotone.

Elle tourne à son doigt l'anneau surmonté du saphir sculpté en forme de crâne.

— Mais les jeux sont faits...

Dans un coin du miroir est apparue une fissure, néanmoins elle demeure invisible pour Megan.

Elle n'est plus là. La barrière des fées qui nous protégeait du matin au soir a entièrement disparu.

— Tu peux bouger, Gideon ?

C'est une sensation étrange. Je n'arrive plus à interrompre le partage de mes cinq sens avec le dragon. Alors que nous ne devrions plus être connectés, un mince fil nous relie.

— Gideon ?

— Oui... c'est rien du tout... Je dois juste me reposer un moment...

Contrairement à ce que je prétends, mes jambes s'affaissent et j'ai du mal à rester debout.

— Oh ?

Visiblement, je me suis effondré au sol. Je suis presque tombé à la renverse. Je ne peux plus me prendre le moindre coup dans le dos.

— Ne dis pas n'importe quoi.

Le dragon passe son buste à travers le trou dans le mur. Sentant sa présence écrasante derrière moi, ma peau frémit de peur.

— Hé, qu'est-ce que tu...

Soudain, je sens un souffle dans mon dos.

— Ah...

C'est agréable. La douleur s'estompe. Ce souffle frappe ensuite mon bras gauche. Quand j'y jette un œil...

— Ouah !

Mes blessures ont disparu.

— Mais ! Mais ! Qu'est-ce qui se passe ?!

Je me lève en panique, et mon champ de vision vacille.

— Hou-là...

Je cherche aussitôt à me raccrocher à quelque chose, en l'occurrence le cou du dragon recouvert d'écailles rubis. C'est une chaleur extraordinaire, mais agréable. Le simple fait de le toucher fait circuler mon sang dans mon corps et disparaître ces frissons pénibles.

— Doucement. J'ai juste refermé tes plaies. Le sang que tu as perdu n'est pas revenu.

— Non, mais je suis déjà ravi que la douleur se soit envolée !

C'est en observant le dragon que je m'en rends compte. Du sang coule de sa patte avant gauche ! C'est pourtant la première fois en un an que je lui vois la moindre blessure !

— Ne me dis pas que...

Je touche mon bras. En dehors des taches de sang, il n'y a aucune cicatrice. Je lui pose nerveusement la question.

— C'est la mienne ?

— Oui, j'ai transféré tes blessures, répond-il aussitôt.

— Mais t'es fou ?!

Je ne peux pas le voir de là où je suis, mais je parie qu'il a aussi hérité de ma plaie au dos.

— Ce n’est qu’une écorchure pour moi. Au pire, ça m’a juste ouvert une couche de peau.

J’en reste bouche bée.

— Euh... ça me faisait affreusement souffrir...

— J’ai un corps plus grand...

Ah oui ? Alors, c’est juste une question de relativité ? En tout cas, je lui suis reconnaissant de pouvoir bouger.

— Tu es même capable de ce genre de tours ?

— Je le suis devenu, pour être exact. Parce que mon écaille a fusionné avec ton corps.

Je pose ma main sur ma poitrine, sur cette écaille rouge qui s’est enflammée, solidifiée, et complètement intégrée à mon corps. Je n’ai plus ce sentiment de malaise. C’est comme si elle avait toujours fait partie de moi. Le dragon n’a aucune trace de brûlure, mais je suis sûr de moi.

— C’est toi qui t’es embrasé, pas vrai ?

— Je ne suis pas arrivé à temps jusqu’à elle...

— Ne t’accable pas.

— J’y pense encore aujourd’hui. Je ne peux pas m’en empêcher. Et si j’étais resté à ses côtés à ce moment ? Peut-être qu’elle n’aurait pas perdu sa mère ? Qu’elle n’aurait pas été chassée de son château... ?

Des aiguilles de glace me pénètrent la poitrine. Est-ce la douleur du dragon ou la mienne ?

— C’est ma décision qui a fait d’elle une sorcière.

— Tu vas arrêter ?!

Avec la paume de ma main, je frappe son épaule. Les solides écailles ne bronchent pas, et c’est plutôt moi qui me fais mal. Je saisis mon poignet en tremblant sans rien dire. Je sens un regard étonnamment inquiet. Je relève alors la tête.

— J’écouterai tes pleurnicheries plus tard.

Nous n’avons pas pu tenir notre promesse. Nous ne sommes pas arrivés à temps. Nous n'avons pas pu les protéger. Nous portons la même douleur, les mêmes blessures qui ne s'effaceront jamais. Mais c'est précisément pour ça que...

— On n'a pas d'autre choix que de se relever et d'avancer. Même si notre cœur est meurtri, nos membres peuvent toujours bouger, pas vrai ? Si on a la force de reculer, alors on est également capable d'aller de l'avant. Oui, sinon on ne pourra pas sauver la princesse, n'est-ce pas ?

— Tu reprends pied rapidement..., constate le dragon.

Ah, tu trouves aussi ?

— Cette attitude positive est digne d'éloges, ajoute-t-il.

— Je te remercie.

Tout comme son chagrin m'a brûlé, mon désespoir a été transmis au dragon et l'a piqué.

— Allons-y, camarade.

— Oui, en route, partenaire.

Alors, nous nous levons. Au milieu de ces débris fumants, nos poings s'entrechoquent.

— Pour la princesse.

— Pour la princesse.

Chapitre 8 — Le fil de l'araignée

Quelqu'un marche sur un gland. Mais qui est derrière moi ?
Une deuxième personne marche sur un gland. Mais qui est derrière moi ?
Une troisième personne marche sur un gland. Mais qui est derrière moi ? »

Megan chantonne en descendant les escaliers de la tour. Sa voix résonne comme de la glace pure et transparente. Elle n'a aucun souvenir de la mère qui l'a mise au monde. C'est sa deuxième mère qui l'a élevée... et lui a appris à chanter et danser.

« Mon adorable Megan. Tu es le plus beau des trésors. »

Dans ce monde, seule une personne l'a couverte d'amour. Elle est morte sept ans plus tôt. Il ne lui reste plus qu'un trou béant qu'elle ne parviendra jamais à combler.

Non, non, il n'y a personne ici.
Je suis seule à jamais.
Isolée dans les ténèbres.

Après avoir descendu les longs escaliers, elle pousse la porte. Un crâne de saphir brille sur sa main plus blanche encore que la neige. La lumière rayonne dans l'ouverture de la porte et crée un petit arc-en-ciel éphémère.

— Me voilà, père.

— Oh, Megan, ma magnifique perle.

Le Seigneur Siegfried lui-même attendait dans la salle d'audience. Il n'y a personne d'autre dans cette pièce assez large pour accueillir un troupeau de moutons, assez longue pour pouvoir aligner vingt chevaux d'un bout à l'autre, et au plafond si haut qu'on aurait pu y placer facilement un chêne centenaire. Personne en dehors du père aveuglé par ses ambitions, et de sa fille qu'il a lui-même maudite. Afin d'assouvir son désir ardent d'accéder au trône, il a vendu l'âme de sa fille au Diable des abîmes.

— Réjouis-toi, le moment est enfin venu ! s'écrie-t-il avec les yeux brillants et en serrant le poing.

Ses jubilations résonnent dans cette énorme pièce vide.

— Nous l'avons trouvée. Enfin !

— Mes félicitations, père.

Megan pince le bas de sa robe bleue et s'agenouille en une respectueuse révérence. Elle demeure impassible aux côtés de son père.

Brusquement, une lumière argentée scintille au centre de la salle.

— Ah, la voilà…

Le point se change en ligne, puis s'élargit et grossit encore jusqu'à tracer un motif de toile d'araignée. Dans ce fil qui s'étire se dessinent délicatement d'étranges caractères jusqu'à former un cercle magique. Un son inorganique résonne dans un cliquetis, puis un énorme arachnide s'extirpe de ce cercle flottant dans les airs. Ses huit pattes font la taille de bûches, et son torse dépasse celui d'un ours noir. C'est une araignée iridescente qui ressemble à un assemblage de fragments de pierres précieuses multicolores. À l'une de ses pattes est suspendue une fillette ligotée dans du fil. Elle a des cheveux roux, des yeux verts, et des taches de rousseur éparpillées autour du nez. Sa bouche est obstruée, mais on discerne clairement la colère traverser tout son corps. Le Seigneur Ambition fronce les sourcils et pince la barbe qui fait sa fierté.

— Hé, sorcière ! Tu n'aurais pas exagéré en la ligotant ?

— J'aurais aussi préféré ne pas aller jusque-là.

Elle s'étire gracieusement en s'appuyant sur le dos de l'araignée, avant de descendre au sol dans un mouvement fluide.

— Cette petite princesse s'est tellement déchaînée que je n'ai pas arrêté d'ajouter du fil… Ah, ne me dévisagez pas avec ce regard. Je vais le dénouer.

D'un claquement de doigts, un son sec retentit et la patte qui retient la fillette s'abaisse. Puis le fil de l'araignée se défait et s'évanouit dans les airs pour ne laisser que la soie sur sa bouche.

— Ça vous convient ?

— Il en reste encore. Comment peut-on bâillonner une noble princesse de façon si vulgaire ?!

— Oh, pardon.

La sorcière hausse ses épaules.

— Mais je pense qu'il vaudrait mieux lui laisser.

— Garde tes recommandations pour toi. Fais juste ce qu'on te demande.

Elle fronce ses sourcils argentés et claque à nouveau des doigts. Ce qui obstruait la bouche de la princesse disparaît comme la brume.

— Oh, princesse Lala Lilia. J'ai tant attendu ce jour !

Le Seigneur Ambition arbore un large sourire, et tend les bras en courant. Aussitôt, la sorcière agite le bras droit.

— Kshah !

L'araignée iridescente remue les crocs, lève les pattes et se penche en avant. Elle affiche ouvertement son hostilité et sa férocité. Le Seigneur se renfrogne et s'arrête.

— Désolée de me montrer pressante, mais vous ne m'avez pas encore payée en totalité.

Un clappement irrité se fait entendre. Le Seigneur Siegfried retire une sacoche à sa ceinture et la jette. La sorcière agite sa main d'un mouvement élégant, et l'attrape avec le fil qui s'étend de ses doigts pour la ramener jusqu'à elle. Lorsqu'elle la prend, cela fait un bruit métallique. En fait, elle est remplie de pièces d'or. Prudente, la sorcière en compte le nombre. Finalement, elle hoche la tête et met le sac dans sa robe.

— Merci. J'espère que vous recourrez à nouveau à mes services.

Le tissu qui adhère parfaitement à sa peau ne montre aucune bosse ni aucun élargissement. Où a-t-elle bien pu le glisser ?

— Allez, princesse, venez par ici !

La fillette tremble et se retourne vers la sorcière.

— Non, ne me livrez pas à lui.

— Désolée, princesse, mais c'était le contrat.

L'araignée se recule avec indifférence. Laissée seule, la princesse voit le Seigneur Ambition se rapprocher et lui saisir violemment le poignet.

— Commençons sans attendre les préparatifs du mariage.

— Non, lâchez-moi ! Lâchez-moi !

— On va en informer tout le pays.

— J'ai dit que je ne veux pas !

Elle a beau se débattre, elle reste juste une fillette de sept ans. Elle ne pouvait pas égaler la force d'un homme adulte.

— Tous mes vœux de bonheur, murmure la sorcière en voyant la princesse être emmenée.

Megan s'avance en silence là où se tenait son père, passant de l'ombre à la lumière. Son père quitte la salle d'audience, extatique, alors qu'elle l'observe avec un regard froid. Elle s'approche de la sorcière dans le bruit de froissement de sa robe.

— Faites en sorte qu'il ne parvienne pas jusqu'ici. Vous en serez capable ? Aussi...

Une lumière bleue étincelle. Sa main blanche dépose un petit sac dans celle de la sorcière.

— Ce miroir m'a été utile. Merci.

Comme tout à l'heure, elle l'ouvre et en vérifie le contenu. Des rubis, des saphirs, des émeraudes, de l'ambre et des jades. Il est rempli de pierres précieuses de choix.

— Merci bien.

Alors que Megan s'en va, la sorcière ajoute :

— Si je peux me permettre, le miroir des défunts est un jouet dangereux pour une humaine. Je vous recommande de vous en servir avec précaution.

Megan se retourne. Ses lèvres en forme de pétales se relèvent en un croissant de lune. C'est un parfait sourire. Comme celui qu'aurait gravé un maître artisan.

— Je suis déjà maudite.

Puis elle s'éloigne, d'un pas aussi aérien que quelqu'un glissant sur la glace. La sorcière la regarde s'en aller, l'ourlet de sa robe bleue s'éclipsant dans l'entrebâillement de la porte. Après cela, elle caresse le dos de l'araignée en soupirant et fronçant les sourcils.

— Vous connaîtrez une expérience atroce si vous vous laissez emporter, demoiselle…

Une voix chantante s'éloigne.

« Quelqu'un marche sur un gland. Mais qui est derrière moi ? »

Une lumière argentée scintille et la sorcière et son araignée disparaissent.

Il ne reste plus personne dans la salle d'audience.

※

Depuis combien de temps n'ai-je plus porté ma cotte de mailles ?

Pourtant, mon corps s'en souvient. Je n'ai jamais raté mes entraînements quotidiens à l'épée, mais une armure lourde était inutile pour vivre en forêt, et pas très pratique. Néanmoins, la barrière des fées s'étant brisée, je n'ai pas d'autre choix que de la revêtir et d'avoir l'acier en main pour me protéger.

Mon corps avec mon épée devient un bouclier.

Je psalmodie intérieurement en mettant mon armure. Autrefois, c'était pour le roi ou un pauvre hère ; or, aujourd'hui, c'est pour la princesse.

J'enfile ma cotte de mailles par-dessus ma veste rembourrée. Je mets ma tunique noire, mon plastron et mes gants en cuir, ainsi que ma cape. Le seul blason que j'arbore est le chasseur aux sept étoiles dessiné sur mon bouclier. Je quitte cette forêt avec la même tenue que j'avais en y entrant. On peut dire que le moment est venu ? Je mets fermement sur ma tête mon chapeau préféré qui a miraculeusement échappé aux flammes. Des particules noires s'effritent sur les bords. Il aurait un peu brûlé ? Bah, pas grave. Je place mon bouclier dans mon dos, mon épée à ma ceinture, puis je prends mon arc et mon couteau qui nous ont aidés à vivre ici pendant plus d'un an. Avec ça, je suis prêt à partir, il ne reste plus que lui.

— Oh.

Avant ça, j'ai une chose à faire. Je pose la main sur un des murs de l'arbre millénaire.

— Merci pour tout. Désolé d'avoir fait ce trou. Il devait absolument me venir en aide et… Tiens ?

Au bord de l'ouverture brûlée, je vois déjà de jeunes pousses. C'est remarquable. Le feu s'est pourtant éteint il y a peu.

— Tu es rudement costaud.

Ce sont des louanges franches. Les coins de mes lèvres se relèvent juste un peu.

Alors, je suis toujours capable de sourire ?

— Il n'est pas encore temps de rendre les armes…

— Est-ce que le harnais te tient bien ?

J'ai enroulé une sangle à la base du cou du dragon. J'ai utilisé tout ce qu'on avait comme cordes et tissus pour allonger le harnais de mon cheval et créer une selle à dragon renforcée. C'est lui-même qui a proposé d'en utiliser une.

« Ce sera un long vol. Il ne faut pas que tu t'épuises. Tu dois garder assez de force pour te battre. »

— Euh, n'hésite pas à me dire s'il passe à des endroits bizarres ou s'il est trop serré…

— Il n'y a aucun problème. Tu veux vérifier par toi-même ? demande-t-il.

— Non.

Je voulais parler de sa blessure, mais je préfère laisser le sujet de côté.

— Tant que ça ne te gêne pas dans tes mouvements, c'est bon.

La résonance de mes cinq sens avec lui s'est encore renforcée. Je l'ai réalisé alors que j'étais en train de faire les préparatifs. Comparé à avant l'embrasement de l'écaille… notre lien est bien plus profond. En me concentrant, je pourrais même sentir une feuille ou une brindille tomber sur son épaule.

— Dis voir, dragon. Comment ça se fait que tu n'as pas su que la princesse allait se réveiller avec l'orage ?

— C'est une technique qui tient à ta propre perspicacité, Gideon.

— Je ne saisis pas.

— Ce sont tes sens qui interprètent les sensations que je perçois. C'est ça que je veux dire.

Alors, on reçoit le double d'informations, mais nos sens peuvent les décrypter différemment ? Je peux lire ce que lui n'arrive pas et vice-versa.

Je suppose.

— Je vois…

— Voilà.

J'ai aussi l'impression qu'on a besoin de moins en moins de mots. Peut-être qu'il en est devenu « ainsi » durant l'année qui s'est écoulée. Même si je ne le remarque que maintenant.

— Est-ce que tu n'aurais pas quelque chose dans ta poche ? me demande-t-il.

— Oui, bien vu.

— C'est de l'alcool… ?

— Tu as même deviné ça !

— C'est à force de t'observer.

Je hausse les épaules en sortant l'objet. C'est une bouteille en verre plate et rectangulaire qui tient dans la paume de ma main. Elle a peut-être été faite de sorte qu'on puisse la cacher et la transporter facilement. C'était un de mes petits plaisirs chaque soir, de m'enfiler une rasade avant de dormir.

— C'est pour nous donner du courage avant l'assaut.

Je lève ma bouteille alors qu'il hoche la tête. Je la débouche et en prends une lampée. La douceur, l'arôme, l'amertume de l'orge fermentée... tout s'engouffre dans une intense chaleur. C'est une eau-de-vie riche qui me réchauffe la gorge, me chatouille le nez, et descend dans mon estomac.

— Ah... Ça fait du bien par où ça passe.

Je pousse un long soupir.

— Dis, je me demandais...

— Quoi donc ?

Encouragé par l'alcool, je lui pose la question qui me brûle les lèvres, mais que je n'osais pas formuler.

— C'est à cause de ta rencontre avec cette fille que tu as aidé la princesse ?

Le bruit de la pluie résonne dans mes oreilles. Elle qui tombe sur mon chapeau, mon armure et mon bouclier se change en vapeur au contact du corps du dragon.

— Non, c'est plutôt l'inverse.

Il ouvre une aile à moitié, puis la replie.

— Ce jour-là, je me suis juré que je ne m'impliquerais plus dans le monde des hommes.

Je sens une brume étouffante autour de mon cœur. J'ai une boule dans la gorge. Il ne m'a pas tout dit, il hésite. Dans ce cas, je vais lui tirer les vers du nez.

— Mais tu ne l'as pas fait.

— Effectivement.

Au centre de ses yeux dorés, ses pupilles verticales s'écarquillent.

— Ce jour pluvieux, il y a un an, au moment où j'ai entendu la voix de la princesse Lala Lilia, j'ai eu envie de la protéger de l'averse qui tombait sur elle, afin qu'elle ne soit plus mouillée... c'est tout.

Pour cette seule raison, il a interrompu un combat contre un chevalier, son ennemi naturel. Puis il l'a laissé monter sur son dos pour voler jusqu'à la tour d'un roi-démon autoproclamé, pour finir par vivre avec lui durant un an. Et maintenant, il l'accompagne pour attaquer le château du Seigneur Ambition. De plus, il a beau avoir été horriblement trahi par la sorcière, il ne lui porte pas la moindre rancœur. Ni haine ni colère. À quel point est-ce qu'il peut avoir bon fond, ce dragon ?! Mon regard va vers la bouteille dans ma main. Il reste encore la moitié de la liqueur ambrée.

— Eh, tu en voudrais une lampée ?

— Avec plaisir.

Il ouvre grand sa gueule rouge. Des crocs blancs y sont bien alignés. Ils sont tous aussi tranchants que des couteaux. J'y verse tout le reste de l'alcool.

— Hum… C'est une saveur assez… riche.

— Ça t'a plu ?

— Ce n'était pas mauvais.

C'est le meilleur compliment qu'il puisse faire.

— Elle est déjà vide.

Alors que je m'apprête à jeter de toutes mes forces la bouteille pour nous porter chance… la patte avant du dragon apparaît devant moi.

— Hum ? Qu'est-ce qu'il y a ?

— Prête-la-moi.

— Tiens.

Il saisit avec habileté la minuscule bouteille entre ses griffes. Impressionné, je le vois souffler doucement.

— Prends-la. Je te l'offre en retour.

— Oh, merci.

Je l'attrape et sens sa chaleur même à travers mes gants épais.

— Avant de t'en servir, bois-en une gorgée. N'oublie pas, m'avertit-il.

— Compris.

Je remets le bouchon et la place dans le petit sac à ma ceinture.

— Bouton d'Or, Marguerite, les poulets… je vous laisse la porte ouverte.

J'ai décidé de laisser partir mon cheval, la chèvre et les poules. La barrière des fées a disparu, mais la grâce de l'arbre millénaire est toujours là. Qu'ils vivent dans la forêt ou qu'ils soient recueillis par quelqu'un, ils sont aussi bien ici.

— Merci pour tout. Je vous souhaite une belle vie.

Je n'ai pas le courage de déclarer qu'on se reverra.

— Tout est prêt, chevalier ?

— C'est quand tu veux, dragon.

Ça faisait longtemps que je n'étais plus monté sur son dos. Depuis que nous avons attaqué la tour de ce roi-démon autoproclamé. En revanche, la princesse n'arrêtait pas de grimper sur lui.

— Alors, en route… Pour la princesse !

— Pour la princesse.

Je m'attache les genoux et tiens la sangle. C'est plutôt facile. Le dragon s'élance dans un tremblement. Ses quatre pattes frappent le sol et ses ailes se déploient. Leurs membranes flexibles saisissent l'air et se gonflent.

Oh !

Le poids sur mes bras disparaît, alors que ses pattes avant flottent dans les airs. Un battement d'ailes, et ses pattes arrière poussent le sol en même temps. Le vent rugit à mes oreilles, et des bras invisibles me pressent le corps. Ses battements d'ailes continus nous font nous élever à la diagonale. La cime des arbres se rapproche et passe sous mes pieds en un clin d'œil. La forêt qui nous entourait est désormais un simple tapis vert. Ses ailes complètement déployées captent le vent, tandis que la pression sur mon corps disparaît subitement. Le rugissement du vent et le claquement des ailes s'évanouissent également. Le temps s'arrête l'espace d'un instant.

Le ciel bleu est dégagé. Il est si vide que c'en est impressionnant. Il n'y a rien du tout pour me gêner la vue. On ne distingue même plus l'horizon au loin. C'est trop de liberté. Mais ce n'est pas effrayant pour autant. Rien ne me retient, pourtant, je ne crains pas du tout de tomber.

Ah, mais oui.

C'est ce qu'observe cette créature capable de voler depuis sa naissance. C'est ce que ressent le dragon. Comme il peut voler, il peut monter haut dans le ciel sans peur.

J'entends un bruit semblable à une tente fouettée par le vent. Il bat des ailes et le temps recommence à avancer.

— Il faut aller vers le sud-ouest, c'est ça ?

— Oui.

Le dragon connaît la direction du château. C'est sans doute le résultat de la superposition de ses connaissances et des miennes. En avant toute vers le sud-ouest.

Je contemple les pâturages d'un vert éclatant. Est-ce que ces points éparpillés sont des gens ou des vaches ? Je vois les toits d'AtteGrüne et nous les dépassons encore plus rapidement qu'un battement de cils.

De longues plaines ternes s'étendent. J'emprunte en sens inverse le chemin sur lequel j'ai perdu mes camarades par le passé. Mon cœur me fait souffrir, mais je n'ai pas le temps de me laisser gagner par le sentimentalisme.

À qui ai-je dit adieu par ici ? De qui ai-je vu les derniers instants ? Le lieu est déjà derrière nous avant même que je m'en souvienne. Ces souvenirs s'envolent derrière moi. Quelle différence ? Mon objectif reste le même. Je fais ça pour la princesse.

Chapitre 9 — La tentation de la sorcière

La princesse est dans sa chambre.

Normalement, c'est l'endroit le plus rassurant au monde pour elle. Toutefois, elle n'est pas du tout ravie d'être là. Sur son lit à baldaquin se trouve une couette moelleuse avec un tissu en soie brodé de fils d'or. Les murs sont recouverts de velours vert, et au sol se trouve un tapis où sont cousues les étoiles du ciel nocturne. Dans le tiroir de sa coiffeuse, il y a une brosse, un ruban, une pince à cheveux, ainsi qu'une petite boîte contenant ses trésors. Dans le placard, un tabouret et une table sur laquelle se trouve un bocal de pot-pourri et une broderie inachevée. Rien n'a changé depuis ce jour où elle a quitté le château il y a un an...

— Ouvrez !

En dehors du fait qu'elle ne peut en sortir après qu'on a fermé la porte depuis l'extérieur !

Elle la frappe violemment, mais elle ne bouge pas d'un pouce.

— Ouvrez...

Elle réessaie. Cette fois elle recule, prend de l'élan et charge.

— Mais ouvrez !

La porte craque légèrement, rien de plus.

— Aïe…

Elle se tient l'épaule et s'assoit. La porte qu'elle pouvait ouvrir librement auparavant est maintenant fermée à double tour. C'est frustrant… triste… effrayant.

— Je veux rentrer…

Quand elle vivait dans les bois, de nombreuses fois, elle a rêvé revenir dans le lieu de son enfance. Mais elle réalise finalement…

C'est à la maison de l'arbre dans la forêt que je veux rentrer.

Elle a beau être dans sa chambre entourée de ses affaires, elle n'est pas du tout heureuse. Alors même que cette pièce lui est si familière, que c'est sa demeure, sa chambre… Si elle ne peut pas en sortir à l'envi, ce n'est pas mieux qu'une prison. En fait, elle est comme dans une cellule.

— Je n'abandonnerai pas.

Elle tire la chaise et s'approche de la fenêtre.

— Ho hisse.

Au moment où elle la soulève et se prépare à l'abattre, elle entend une chanson.

« Le festin des petites personnes, c'est un verre de lait bien sucré par jour. »

— Ah !

C'est une voix qu'elle souhaitait tant réentendre. La nuit, elle mouillait son oreiller en s'en rappelant.

« Ce petit peuple doux et rondelet. Ce sont les dieux protecteurs de la maison… »

Elle se retourne prestement. Quelqu'un se tient devant la porte. Elle voulait tellement les revoir… même leur ombre, même en rêve, même en illusion… Son cœur est remué par le chagrin tandis qu'elle voit ces deux personnes qu'elle aimait tant.

— Mère… Père !

Ils se tiennent là, souriants, comme s'ils ne s'étaient jamais quittés.

— Viens, Lala Lilia !

— Tu as dû te sentir seule.

Sa mère écarte ses bras.

— Désormais, nous serons réunis pour toujours.

— Ah… Ah… Mère… Mèèèèère…

Le visage déformé, la princesse accourt en trébuchant.

— Oui, tu devais te sentir seule.

— On ne se quittera plus.

Elle ralentit puis s'arrête, perplexe. La reine continue à tendre les bras et à chanter.

« Mais faites bien attention. Si jamais vous oubliez le lait… »

Lala Lilia se tient fermement sur ses jambes. Ses yeux verts abritent une forte et noble détermination.

— Vous n'êtes pas mon père et ma mère. Disparaissez ! déclare-t-elle d'une voix claire.

Aussitôt, le roi et la reine deviennent de fines ombres et s'effritent mollement, comme si on avait subitement soufflé des cendres.

— Oh, comme c'est malheureux. Alors que j'avais rassemblé une enfant avec ses parents.

Une silhouette gracieuse s'avance. Elle a de longs cheveux blonds lisses tombant sur l'épaule et descendant jusqu'aux hanches, et des yeux bleus pareils au saphir ornant son doigt. Les perles cousues sur sa robe bleue produisent un bruit de frottement.

— Megan !

Elle l'a remarquée dès qu'elle a entendu la chanson. Il y a une légère différence avec celle que lui avait apprise sa mère.

« Pour leur festin, les petites personnes, prennent chaque jour un verre de lait bien sucré. »

C'était la chanson de l'ombre.

« Pour leur festin, les petites personnes, prennent chaque jour un verre de lait sucré. »

Ce n'est pas pareil que la chanson de ma mère.

Si ça avait vraiment été eux, ils ne seraient pas restés plantés sur place en attendant qu'elle accoure vers eux. Sa mère serait venue, son père se serait baissé pour l'accueillir, afin de la réceptionner peu importe avec quelle force elle bondirait. En tout cas, c'est ce qu'auraient fait les parents dont elle se souvient. Mais ça n'a pas été le cas.

Des larmes perlent à ses yeux verts, alors que la princesse crie. Elle serre le poing et se tient bien droite sur ses jambes.

— Menteuse.

— Il existe des doux mensonges, Lala Lilia.

— Je m'en fiche.

— Tu es vraiment une enfant déplaisante.

Megan fronce ses fins sourcils et fait une grimace.

— Et pourtant…, poursuit-elle.

— Pourquoi tu as fait une chose pareille, Megan ?

Sa légère grimace disparaît, et elle retrouve son sourire de façade.

— Tu ne resteras pas seule, de toute façon. Vous vivrez bientôt à nouveau ensemble. Tant mieux pour toi, ma chère cousine, dit Megan en tournant les talons.

— Attends !

La porte se referme sans merci devant les yeux de la princesse qui se précipite. Le cliquetis du verrou résonne sèchement.

— Pourquoi, Megan ? Hein, pourquoi ?

Elle s'éloigne et marche vers son lit en chancelant. Sa démarche incertaine donne l'impression que c'est elle-même qui s'est changée en cendres ou en ombre.

— Alors, ils sont vraiment morts…

Elle s'effondre, prostrée sur son matelas, et enfouit son visage dans l'oreiller froid.

— Père… Mère…

Des sanglots s'échappent par intermittences. Personne n'est là pour les entendre. Ni pour en essuyer les larmes.

— Ouin.... Ouiiiiiin...

Je veux les voir. Je veux revoir le Vénérable et Gideon...

Ces faibles sanglots se font peu à peu plus ténus, jusqu'à disparaître.

Après avoir tant pleuré, la princesse s'est endormie. En se réveillant, elle commence par se laver le visage avec l'eau d'un pichet, et sort son mouchoir favori de son placard pour s'essuyer.

— Je n'abandonnerai pas...

Vivre plus d'un an dans la forêt l'a changée. Elle a grandi pour devenir une princesse capable d'essuyer ses propres larmes.

※

Nous avons volé pendant une journée entière. Toujours en direction du sud-ouest, vers le lieu de confluence des trois rivières, le château où nous attend la princesse.

— On arrive bientôt. On entrera à l'intérieur directement.

— Non, tu ferais mieux de te reposer, me conseille le dragon.

— Mais qu'est-ce que tu me chantes ?! J'ai connu des marches bien plus rudes.

— Tu étais plus jeune à cette époque.

Je suis sans voix. À dire vrai, mon corps est tellement raide que j'ai l'impression d'avoir une barre de fer me traversant les épaules, la nuque et le dos. Ah, le temps ne fait vraiment pas de cadeau.

— Tu dois te reposer, Gideon Thorn.

— Mouais...

— Tu devras prendre part au combat en pleine forme.

— Rah...

Il y a une seule raison pour laquelle la sorcière s'est mêlée aux victimes de la rafle de fillettes et a enlevé la princesse : pour la livrer au Seigneur Ambition. Donc elle sera en sûreté jusqu'à la cérémonie. Pour un mariage royal, il faut ménager les apparences. Il est peu probable qu'un homme qui dédie une heure chaque matin à l'entretien de sa barbe organise un sacrement en cachette. Il voudra quelque chose de véritablement tape-à-l'œil. Il y mettra tout son argent et tout son pouvoir ! Il aura déjà confectionné les tenues de mariage pendant qu'il la cherchait, mais il ne peut pas précipiter la préparation du banquet, et encore moins faire venir ses invités dans l'instant.

Alors que je suis perdu dans mes pensées, le dragon insiste davantage.

— Je ne te dis pas de dormir toute une nuit. Mais il faut que tu te reposes au moins un peu.

— D'accord... juste un peu.

Il discerne vraiment tout, celui-là.

— Il y a une forêt là-bas. Ça fera une cachette idéale.

— Je n'ai rien à y redire.

L'endroit est bien plus charmant que la Forêt Noire. Du moins, quand on le regarde d'en haut. En réalité, elle est profonde au point d'engloutir les gens et de les égarer.

On entame notre descente. La terre se rapproche. Je traverse les nuages qui étaient sous mes pieds. On croirait un brouillard affreusement épais.

— C'est froid.

Le dragon chauffe aussitôt. Grâce à ça, je ne gèle pas.

Mon corps flotte, puis s'alourdit alors qu'il atterrit. Je descends immédiatement de son dos.

— Aaah...

J'aimerais bien que mon corps arrête de craquer de partout au moindre mouvement. Je n'ai rien remarqué pendant qu'on volait, et c'est en nous arrêtant que je réalise enfin. Cette fatigue et cet épuisement n'ont rien à voir avec ce qu'on ressent à cheval. Me reposer est la meilleure chose à faire. En l'état, je serais incapable de faire le moindre pas, et encore moins d'attaquer le château. En descendant, je commence d'abord par détendre mes bras et mes jambes engourdis.

— Ça va ?

— Oui… je crois.

Un souffle de vapeur sort de ses narines. Elle flotte et se disperse peu à peu dans la forêt qui s'assombrit.

— Je t'interdis de te surmener, chevalier. Ah, et pourrais-tu ajuster ta vue à la mienne ? Il est bientôt l'heure où la vision humaine ne capte plus assez de lumière.

— Ouais, ouais.

Je ferme les yeux et me concentre sur ma poitrine. Un bruit de vibrato résonne dans ma tête, et des particules de lumière se diffusent derrière mes paupières. Bien sûr, ce son et ces lumières n'ont aucune réalité, mais en rouvrant les yeux, le paysage a complètement changé.

— Oh, c'est si clair.

Comme si on était un soir de pleine lune, mais en deux ou trois fois plus marqué. Tout ce que voient mes yeux est recouvert d'un voile indigo transparent. Les choses conservent leur forme et leurs couleurs de manière éclatante.

— Alors, c'est comme ça que tu vois la nuit.

— En effet.

Les cris des insectes et des oiseaux sonnent comme de la musique. Au loin, on entend même le murmure d'un cours d'eau. Jusqu'à présent, je ne discernais que du bruit.

— Dire que tu pouvais entendre tant de sons différents… c'est magnifique.

— Ta surprise est rafraîchissante à voir.

La forêt se trouve sur un petit plateau. Je regarde à travers les feuillages des arbres vers l'ouest. Avec le soleil couchant derrière moi, le château noir ressort distinctement au sud-ouest.

C'est là-bas que nous attend la princesse.

— Hum ?

Est-ce que c'est mon imagination ? Le château semble légèrement différent de mes souvenirs… Oui, il est plus crénelé… plus pointu.

Comment ça se fait ?

Mon front et mes yeux se plissent, sans pour autant parvenir à focaliser ma vue.

— Attention.

Une fille à la peau brune et aux cheveux argentés apparaît soudain devant moi, la tête à l'envers. Elle est suspendue à un fil pendant à la branche d'un arbre !

— Toi ! Qu'est-ce que tu viens faire ici ?!

Mes cheveux se dressent. Elle m'a trompé. Elle a emmené la princesse. Ce qui m'excède au plus haut point, c'est qu'elle ait utilisé les cadavres de ces faibles fillettes plongées dans le désespoir !

— Tu vas me le payer !

La veine sur ma tempe enfle. On pourrait croire qu'elle va éclater.

— Ouh, j'ai peur, s'amuse-t-elle.

Tout en étant suspendue à l'envers, la sorcière approche son doigt de ses yeux et fait semblant de pleurer. Mais aussitôt, elle cligne d'un œil en rigolant.

— Le gentil chevalier n'irait quand même pas jusqu'à lever la main sur une frêle jeune fille ?

— Argh, je...

Derrière moi, le dragon soupire.

— On a perdu. Elle nous a eus en beauté, dit-il calmement.

Je grince des dents et baisse le poing. Elle jubile et détache son fil en basculant, atterrissant les pieds bien au sol. Elle touche ses cheveux argentés et les replace. Contrairement à son apparence juvénile, elle a des gestes très féminins... mais que l'on peut difficilement qualifier de gracieux.

Je me demande combien d'années elle a vécu. Depuis combien de temps a-t-elle cette apparence après avoir été engloutie par les ténèbres et s'être changée en sorcière ?

— Dites, Gideon. C'est bien votre nom, n'est-ce pas ? C'est comme ça que la princesse vous appelait.

Elle approche prestement son visage, alors que je recule.

— Ou... oui.

— Je n'ai rien fait à ces fillettes. J'ai seulement dormi parmi leurs cadavres.

— Ugh...

Quelques mots lourds de sens. Lorsque je suis arrivé là-bas, elles étaient toutes déjà mortes. Je ne pouvais pas les sauver. Et ce n'est pas elle qui leur a fait ça.

Elle peut bien dire ce qu'elle veut, mais qu'en est-il en réalité ? Même si elle n'y est pour rien, est-ce qu'elle ne les aurait pas abandonnées à leur sort ?

Non, je ne pense pas.

Je vais la croire. À cause du passé que j'ai entrevu. Elle a changé par rapport à cette époque, seulement, c'est notre passé qui façonne ce qu'on est aujourd'hui.

— Vous vous êtes calmé ? J'ai une chose importante à vous apprendre. Vous êtes prêts à m'écouter ?

Elle lève alors un doigt. Le dragon et moi la regardons, attendant de voir ce qu'elle a à dire.

Bon sang, elle nous mène à la baguette.

Mais elle possède une grandeur à laquelle on ne peut pas résister.

— Il y a une barrière autour du château. Elle a été mise en place pour empêcher à tout prix le dragon d'entrer. Elle renvoie une énergie proportionnelle à celle qu'on lui présente. Allez-y en force, et ça finira mal.

C'est avec une voix claire qu'elle nous expose l'horrible vérité. Nous ne pouvons qu'écouter, pantois.

— Tenter une charge sur les troupes du Seigneur serait de la folie pure. Ce serait aller au-devant de votre mort. Ah, au fait, la résonance de l'écaille sera aussi coupée.

Le dragon lève la tête et fixe son regard sur le château. Je l'imite et plisse les yeux. Comme tout à l'heure, je ne parviens pas à me concentrer.

— C'est vrai... Je n'aurais pas remarqué.

— Ah oui ?

— C'est un tissage habile de minces courants. Comme une toile d'araignée... invisible pour ses proies, détaille le dragon.

Les joues de la sorcière se colorent, elle croise les bras dans le dos, et se dandine de droite à gauche.

— Héhé, merci.

Je la regarde en plissant les yeux.

— Pourquoi est-ce que tu rougis ?

— Parce que c'est mon œuvre…

— Quoi ?!

Bon sang, elle n'arrête pas de nous mettre des bâtons dans les roues, cette sorcière !

J'écarquille les yeux et me penche vers elle.

— Allons, allons, ne vous emportez pas.

Elle pointe son doigt mince en plein milieu de mon front. Elle me touche à peine, mais je ne peux pas bouger. Un chevalier ne peut s'opposer à une jeune fille, c'est ainsi.

— Comme c'est moi qui ai disposé cette barrière, je sais comment la rompre. Vous comprenez ?

Je hoche doucement la tête. Nous révéler cette information signifie qu'elle est prête à nous aider.

— Elle a pour rôle d'empêcher les attaques extérieures. Donc, on peut la détruire facilement de l'intérieur.

— Tout comme vous avez brisé la barrière des fées ? demande le dragon d'une voix calme.

— Effectivement.

Je vois qu'elle est bien renseignée.

— La barrière est immense, et vous êtes ici avec nous, ça veut donc dire qu'il y a un dispositif pour la maintenir dans le château, je me trompe ? suppose le dragon.

— Tu comprends vite !

Elle rigole. Ses lèvres couleur corail se resserrent. Elle a le sourire d'une femme sur le visage d'une enfant. Cet air mal assorti est vraiment perturbant à regarder.

— Il y a deux outils magiques qui la préservent.

Elle retire son doigt de mon front. Elle le garde en l'air… et en lève un deuxième.

— Seulement deux. C'est bien, non ? Il suffit de les détruire pour la faire disparaître.

Que faire ? Ce n'est certainement pas une alliée, mais elle n'est plus une ennemie non plus. Elle nous a tout de même indiqué l'existence de la barrière et le moyen de la rompre.

— Bon... Je vais m'en charger, dis-je.

Si le dragon ne peut pas pénétrer à l'intérieur, on n'a aucune chance de l'emporter. Je dois donc faire en sorte que ce soit possible.

— À l'origine, c'était le château de mon roi. J'en connais la structure comme ma poche.

— Attendez.

Il y a un bruissement, tandis que les herbes et les branches sont repoussées de gauche à droite. Me demandant de quoi il s'agit, je vois que le dragon plisse un œil et remue la queue.

— Attendez. Pourquoi nous avoir dit tout ça ?

— Je ne les apprécie pas. En particulier la demoiselle aux yeux bleus.

— Megan… ?

— Oui, elle.

Il y avait des racontars qui circulaient parmi la cour, mais à ma connaissance, ce n'est pas une mauvaise petite… Je me demande si c'est une de ces choses que seules les filles peuvent saisir ?

— Comme mon contrat a été honoré, je n'ai plus aucune obligation envers le Seigneur Siegfried.

Je peux tout à fait le comprendre, alors j'acquiesce en silence.

— Et puis, je me suis prise d'affection pour vous.

— Hein ? C'est ça, la raison ?

Ahurie, la sorcière s'accroche à mon bras.

— Eh bien, vieil homme, vous ne voulez pas venir vous amuser ?

Je baisse mon chapeau et détourne le visage.

— Non, le monsieur est occupé.

Bizarre, j'ai l'impression d'avoir déjà eu cette discussion.

— Et avec cette apparence ? demande-t-elle.

Soudain, une chose molle et douce se colle à mon bras. Elle se presse même contre moi.

— Ah !

— Allez, vieil homme.

Sa voix est enjôleuse. Elle se tient plus près de moi. C'est avec une légère appréhension que je tourne la tête nerveusement pour la regarder.

— Mais c'est toi !

Mon pressentiment se change en certitude. On s'était déjà rencontrés. C'est la femme que j'ai sauvée de ces crapules à AtteGrüne.

— Allez, vieil homme, vous ne voulez pas venir vous amuser ?

Ces formes flasques et placides engloutissent mon avant-bras. Cette dentelle noire au motif de toile d'araignée colle déjà parfaitement à son corps, et elle souligne encore plus ses courbes aguicheuses. Oui, c'est une belle vision et une douce sensation.

Je reste un homme, après tout. Ce serait mentir que d'affirmer que mon cœur n'est pas troublé. Je serais capable de bondir sur l'occasion en frétillant comme un poisson ! Si j'avais huit ans de moins...

— Ça suffit.

Mais ce n'est pas le moment.

— Roh, vous êtes toujours aussi froid.

— Désolé.

Les rondeurs relâchent lentement leur étreinte contre mon bras. J'en profite pour m'écarter.

— Alors, voilà un petit bonus. Ou voyez ça comme un signe d'excuse.

La sorcière aux cheveux argentés agite délicatement sa robe aux motifs de toile d'araignée. De l'ourlet transparent qui scintille au vent, elle fait sortir une chèvre brune.

— Beeeeh.

— Marguerite ?

— Oups, je me suis trompée.

La robe flotte doucement et la chèvre disparaît. À la place, il y a des jambes solides avec des pieds touffus, un corps robuste comme s'il avait été taillé dans la roche, une ligne blanche sur le museau, et un poil de couleur ocre. Mon cheval adoré est apparu.

— Bouton d'Or !

La sorcière sourit. Il est différent des sourires aguicheurs qu'elle affichait jusque-là.

— Comme c'est mignon...

— Quoi donc ?

— De vous voir dire des noms de fleurs.

Mon visage me chauffe. Il est vrai que « Bouton d'Or » et « Marguerite » sont des noms de fleurs.

— C'est simplement leurs noms !

Mon cheval hennit.

— Ah, c'est tellement adorable ! Puisque c'est comme ça, je vais vous offrir un autre cadeau, ajoute la sorcière.

— Hé ho, tu écoutes ce que le monsieur raconte ?

Son poignet s'illumine, et un fil d'argent s'en échappe. Il se déploie sous mes yeux et s'attache parfaitement aux joues de Bouton d'Or.

— Qu'est-ce que c'est que ça ?

La sorcière écarte les doigts, et le fil suit ses mouvements sans même qu'elle ait besoin de le toucher directement. Elle façonne une forme familière autour de la nuque, du front, du museau et de la mâchoire.

— Tu as fabriqué un harnais ?!

— Je l'ai tissé, pour être exacte.

Elle termine enfin par les rênes. Il n'y a rien à redire sur la longueur ou l'épaisseur.

— Et voilà le travail.

— Merci…

— Évidemment, une selle était trop demander, précise-t-elle.

— Oui, ce n'est pas grave. C'est une courte distance.

— Oh, vous êtes confiant.

Je m'attendais à ce que le dragon me conseille de me ménager, mais il ne réplique rien.

— Et ces objets magiques, à quoi est-ce qu'ils ressemblent ?

— Regardez-moi. N'oubliez pas, et vous les trouverez immédiatement.

— Une énigme… ?

La sorcière ne répond pas et se contente d'écarter les bras. Puis une lumière argentée enveloppe la toile d'araignée en dentelle noire dont elle est parée.

Chapitre 10 — Le château

Le Seigneur Siegfried est de bonne humeur.

Il arpente les couloirs du château en fredonnant, ce qui est plutôt rare pour quelqu'un de son rang. Partout, les fours sont allumés, et les serviteurs vont et viennent. À la moindre bourde, les cris des nombreux superviseurs se font entendre.

— Hé, toi, le benêt ! C'est pas ici qu'il faut amener ça, dépêche-toi de décarrer !

Le Seigneur Ambition fronce les sourcils et tortille sa barbe.

Ce ne sont que des incompétents. Ils sont incapables de comprendre ce qu'on leur ordonne ou ce qu'ils doivent faire. Dès qu'on leur laisse le champ libre, ils tirent au flanc... ou font même mine d'être malades.

— Franchement, quelle bande de mous du genou et d'imbéciles !

Oui, c'est un qualificatif approprié pour eux.

— Allez, on s'active. Hop, hop. Quoi, tu es à l'article de la mort ? Eh bien, meurs ! Il y en a plein pour te remplacer.

Les tenues de mariage sont prêtes depuis un an. C'est une robe de mariée somptueuse utilisant en abondance soie, perles, dentelle et or. Afin de l'adapter à la taille de la princesse, les servantes s'activent frénétiquement, sans boire, ni manger, ni dormir. C'est bien normal, c'est leur raison d'être, après tout.

— Tiens… ?

Il s'arrête brusquement et écarquille les narines.

— Je sens une odeur de viande grillée. Ça vient de la préparation du banquet ?

— Non, père.

Arrivée sans crier gare, ses pas légers et ses bruits de froissement s'étant noyés dans le fredonnement et les cris de colère de son père, Megan se tient tranquillement à ses côtés.

— C'est l'odeur d'enfants brûlés, déclare-t-elle d'une voix calme.

— Pardon… ?

Le Seigneur ne saisit pas immédiatement les propos de sa fille. Ou plutôt, il se refuse à les comprendre. Les yeux écarquillés, il cligne une, deux, trois fois.

— Megan. Megan, ma petite perle. Tu as bien parlé d'enfants ou j'ai mal entendu ?

— Non, père, c'est bien ça. C'est l'odeur d'enfants calcinés.

Sa voix est claire et sans le moindre chevrotement.

— Je les ai mises dans un cabanon et les ai toutes brûlées vives. Maintenant que vous avez la princesse, elles sont superflues. Il n'y a même plus besoin de s'embêter à les abandonner dans la forêt… n'est-ce pas, père ?

Les jambes du Seigneur Siegfried tremblent légèrement, ses dents claquent, tandis que sa fille lui présente ses deux mains blanches.

— Ces soldats sont vraiment inutiles. Ce sont tous des poltrons qui se regardent les uns les autres sans oser faire quoi que ce soit. Alors, j'ai mis le feu de mes propres mains. J'ai brûlé par accident quelques hommes incompétents, mais c'est une perte insignifiante.

— Quelle horreur !

Le Seigneur Ambition crie, le visage pâle et les joues tirées.

— Tu es vraiment maudite ! Ah, qu'est-ce que j'ai fait ?! Tout ça parce que j'ai pactisé avec le Diable des abîmes !

— Non, il n'y a eu aucun pacte.

Les mots impitoyables de la fille traversent la poitrine du père et serrent son cœur transi d'effroi tels des doigts glacés.

— Ah non ? demande-t-il sur une voix monocorde.

— En effet. Je n'avais pas d'âme à la naissance. J'ai toujours été ainsi.

Elle fixe son père dans les yeux et lève élégamment la main droite, avant de tendre l'index.

— Réjouissez-vous ! Vous avez accompli votre but en usant de vos propres moyens. Vous vous êtes débarrassé de la mère qui m'a donné naissance, Sa Majesté le roi, la reine…

Ses lèvres forment un léger rictus.

« Mon adorable Megan. Tu es le plus beau des trésors. »

Il y a une seule personne en ce monde qui l'ait acceptée telle qu'elle était. Elle connaissait la vérité, mais l'a couverte d'amour malgré tout. La seule à l'avoir serrée dans ses bras avec des mains chaleureuses.

— Et même de ma belle-mère qui m'a donné cette place !

— Oh ! Stop ! Arrête !

Il n'a pas cessé de détourner le regard. De ses actes, des cadavres qu'il a engendrés… Il ne se rend pas du tout compte du nombre de gens qu'il a tués parmi le bas peuple stupide. Il les a consumés, prétextant qu'il ne fallait pas faire cas du moindre petit meurtre. Cependant, il en va autrement pour les nobles ou la famille royale. Mais là encore, il avait des excuses.

« C'est à cause de ma prière au Diable. En échange de l'âme de ma fille, j'obtiendrai le trône. C'est sa bénédiction qui en est à l'origine. »

Il s'en est servi comme justification jusqu'à présent. Toutefois, le mur autour de son cœur tombe en morceaux. Depuis le début, absolument tout ça n'était qu'illusion. Et celle qui le lui annonce n'est autre que sa fille.

— Non, ne dis pas un mot de plus ! Je ne veux pas l'entendre !

Il détale en se bouchant les oreilles. Derrière, une voix glaciale le poursuit.

— Vous ne pouvez plus fuir. Accomplissez votre souhait et épousez la princesse Lala Lilia.

Le Seigneur Ambition court en hurlant, sans se préoccuper des apparences. En un clin d'œil, il tourne à un angle et disparaît. Ne le voyant plus, Megan baisse finalement la main et murmure :

— Puis mourez aussitôt.

Ses longs cheveux blonds sans aucune boucle bruissent. Elle lève lentement les yeux vers la salle du trône qui brille de mille feux, éclairée par les lumières du château.

— À ce moment, c'est moi qui m'assoirai sur ce trône en tant que membre de la bienheureuse famille royale.

Elle a décidé de tout cela il y a sept ans, après que la seule personne au monde qui l'aimait a été tuée par son père. Elle aurait pu prendre modèle sur la mère qui l'avait élevée, et devenir une princesse douce et gentille, mais…

Sans mère à mes côtés, ça ne sert à rien de me comporter en gentille fille. Je vais vivre comme bon me semble, selon mes désirs.

Pour une jeune noble sans âme, il n'y a que deux voies possibles : celle de la méchante sorcière ou celle de la vile reine.

— Alors, je choisis d'être reine.

Avec ses doigts blancs, elle suit les courbes du saphir ornant la main droite avec laquelle elle a brûlé vives des dizaines de fillettes.

— J'écarterai tous ceux sur mon chemin. Tous.

※

— Bon…

Le chevalier se lève lentement à côté du feu.

— Vous devriez prendre un peu plus de repos, non ? lui demande d'une voix indolente la sorcière allongée sur une branche d'arbre.

Elle a retrouvé son apparence d'enfant.

— Non, ça suffira.

Il a bu, mangé quelques mûres de la forêt, dormi un peu, et émergé de son sommeil à l'instant. Il l'ignore, mais c'est curieusement au même moment que la princesse s'est réveillée.

— Dites, vieil homme, désolée si je vous coupe dans votre élan, mais vous avez parlé d'un passage secret pour entrer dans le château, pas vrai ?

— Ouais.

— Est-ce que ce serait par là que vous vous êtes échappés avec la princesse, l'an dernier ? En l'utilisant, vous ne craignez pas une embuscade ?

Le chevalier écoute sans rien dire. Avant de s'endormir, il a mis sa cape à sécher, et il en déchire maintenant le bas pour l'enrouler autour d'une grosse branche suintant de résine.

La sorcière hausse les épaules, tend la main et courbe le poignet avant de souffler sur le bout de ses doigts, créant du fil qui vient raccommoder la cape arrachée.

— Inutile de t'inquiéter, il y a plus d'un passage dérobé... Oh ?

Elle a ajouté à la cape noire du chevalier de légères broderies argentées.

— Merci.

— Elle était tellement usée que je n'en pouvais plus de voir ça. Vous devriez faire un peu plus attention à votre apparence, vieil homme.

— Merci pour ce conseil, mademoiselle...

Il baigne dans l'huile le tissu enroulé pour en faire une torche et l'accroche au dos de son cheval avant de grimper. N'ayant pas de selle, il resserre les genoux pour trouver habilement son équilibre.

— Pfff, alors vous ne faisiez pas juste le fanfaron, reconnaît la sorcière.

Il hausse les épaules, pose la main sur le bord de son chapeau et s'incline doucement.

— Tu vas voir, partenaire, je vais vite dégager cette fichue barrière !

— Je prie pour ta bonne fortune, mon ami, lui souhaite le dragon.

Pour seule réponse, il agite les rênes et s'en va. Le bruit des sabots lourds fait trembler le sol. Leur son s'éloigne peu à peu, tandis que la monture se fond dans l'obscurité.

— On lit en lui comme dans un livre ouvert, soupire profondément la sorcière en haussant ses épaules arrondies.

— Il faut dire que sa façon de remercier sincèrement est complètement différente de celle avec courtoisie...

※

Une demi-lune point dans le ciel nocturne indigo. Elle est blanche comme un excellent fromage. À chaque coup de sabot, la lueur augmente et éclaire notre chemin.

Or, ce qui nous attend est bien différent du clair de lune : ce sont les ténèbres.

J'entends le bruissement de l'herbe, le son de l'eau qui coule paisiblement, le bruit des insectes, et les corbeaux. Ils s'envolent dans un croassement contrarié et nous observent depuis une branche voisine.

— Désolé, j'ai bientôt fini.

Je suis dans un monastère décrépi. Il ne reste plus une ombre de son ancienne gloire. Son toit est tombé, ses fenêtres sont cassées, et les pierres de ses murs effondrés paraissent telles des pierres tombales. En fait, il y a aussi de véritables tombes. Les noms gravés ont été effacés par le temps et sont recouverts d'une épaisse mousse. Dans cet état, impossible de dire qui est enterré là. Au final, qu'ils aient une tombe ou non, quelle différence cela fait-il ?

— J'y suis, dragon.

Je regarde lentement autour de moi pour qu'il puisse voir.

— C'est là qu'on peut entrer.

— Entendu. Je dois dire que c'est assez...

— Sinistre ?

— Oui. Ce n'est pas un endroit très agréable... Oh, tu ne serais pas en train de rigoler ?

Il a réussi à le deviner ? Honnêtement, c'était impossible de me retenir.

— Haaa, on peut avoir vécu des centaines d'années et toujours avoir peur de ce qui est effrayant.

— Je suis quelqu'un de sensible, contrairement à toi.

— Mais oui, mais oui.

Des piliers cassés. Plusieurs statues de pierre se cachent dans l'ombre d'un mur effondré. En faisant un effort d'imagination, on pourrait y voir la représentation de saints du passé. La pénitence est propre aux saints, mais en l'occurrence, celui-ci ressemble plus à un mort en enfer. Un visage torturé, des doigts qui agrippent désespérément le vide… De sa bouche béante, on entendrait presque ses cris de souffrance.

— **Ah, d'accord.**

— Qu'est-ce qu'il y a ?

— **Je comprends enfin la cause de mon angoisse.**

— Ah ?

— **Toutes les statues qui se trouvent ici ont été façonnées légèrement déséquilibrées. Par conséquent, les regarder inspire l'anxiété sans qu'on ne s'en rende compte.**

— Dans le mille.

Je souris de toutes mes dents. Il ne le voit pas, mais il doit pouvoir le ressentir.

— Cet endroit a été fait ainsi volontairement.

Je cogne le nez d'une gargouille avec mon poing.

— Elles sont moins vieilles qu'elles en ont l'air. Toutes ces statues sinistres ont été ajoutées par la suite.

— **Pourquoi avoir fait ça ?**

— Afin d'effrayer les gens, dragon. Les humains sont des froussards. Il y a des rumeurs sur des fantômes dans ce monastère en ruine depuis bien longtemps… enfin, cinquante ans, à dire vrai.

— **Est-ce qu'elles aussi ont été ajoutées par la suite ?**

— Exact.

— **Je comprends de moins en moins.**

— C'est pour faire oublier dans quel but a été construit cet endroit à l'origine… Les histoires à faire peur sont une distraction. Même si le riche passé ne nous intéresse pas, on sera attiré par les histoires de fantôme.

— **D'accord. Ça fait sens.**

— Et la nuit est sombre… terriblement sombre pour les hommes.

Des particules de lumière turquoise volettent au-dessus de l'herbe et entre les tombes. Ce sont des lucioles. C'est un lieu idéal pour elles, la rivière est proche, et les hommes y sont exceptionnellement rares.

— Pour les personnes apeurées, les lucioles ressemblent à des feux follets. Le croassement des corbeaux aux cris des morts. Puis on se met à voir les statues de pierre bouger... Résultat, les habitants de la ville ne mettent guère les pieds ici. Et les voyageurs évitent également l'endroit.

— Ah... Donc tu y vois des lucioles.

— Hein ? De quoi est-ce que tu parles ?

Une lueur turquoise passe devant moi. Contrairement à celles que j'ai aperçues jusqu'à présent, elle semble nettement plus grosse et lumineuse. J'ai des sueurs froides dans le dos.

Il s'agit bien de lucioles, n'est-ce pas ?

— Pfff...

J'entends un léger rire.

— Toi... Je m'en souviendrai.

En colère, je mords inconsciemment ma lèvre inférieure.

De l'autre côté de la rivière qui s'écoule tranquillement se trouve l'immense château noir. À l'embouchure des trois fleuves, la silhouette d'une forteresse flotte sur l'eau de l'estuaire. Avec le pont-levis relevé, seuls un bateau ou des ailes me permettraient d'y arriver. Du moins, c'est ce qu'on est amené à penser.

— Ah oui, c'est bien une toile d'araignée.

À cette distance, je peux la voir. Une barrière argentée entoure le château en scintillant.

— Hum...

Je fronce les sourcils et plisse les yeux. J'essaie de focaliser mon regard.

— Qu'y a-t-il ?

— Oh, c'est juste que j'ai une drôle d'impression. Comme si le château flottait.

— Il flotte ?

La peau autour de mes yeux me picote. Ils sont secs et je cligne à plusieurs reprises. Curieux. J'ai beau le fixer, je n'arrive pas à le discerner clairement.

— Je dis flotter, mais ça ne signifie pas qu'il plane dans les airs.

— J'avais bien compris.

— C'était pas comme ça la dernière fois que je l'ai vu. Il se fondait plus dans le décor. Il faisait partie du paysage, au même titre que les rivières, les arbres et les rochers. Alors que maintenant...

Je lèche mes lèvres sèches. Je ferme les yeux et fouille dans tout mon vocabulaire. Je tente de mettre des mots sur ce sentiment vague.

— C'est comme si je voyais un monstre extraordinairement massif se recroqueviller. Une créature vivante qui ne devrait pas se trouver là...

Est-ce que ce sont bien des hommes qui ont construit ça ? Ce sont réellement des humains qui vivent ici ?

— C'est peut-être à cause de la barrière ? Ou alors c'est le château dans son ensemble qui paraît plus « acéré » ?

— J'ai comparé ta vision avec tes souvenirs, et tu dis vrai. Des ornements pointus ont été ajoutés, principalement sur le toit et les parapets.

— Haa...

C'est donc là que sont passées les énormes taxes qui ont servi à le rénover.

— Je comprends.

— Le nouveau propriétaire du repaire veut se débarrasser de l'odeur de l'ancien.

Prions pour que ça ne concerne pas l'intérieur également.

Je poursuis tout au fond du monastère décrépi et arrive à un mausolée effondré. La porte est fermée, mais il est aisé d'enjamber les ruines du mur.

— Bouton d'Or, je vais devoir t'abandonner ici un petit moment.

Je caresse le museau de ma monture et lâche les rênes.

— Heureusement, il y a de l'herbe en abondance. Tu peux te reposer ici tranquillement.

Le cheval de guerre jaune hennit et frotte sa tête contre moi.

— Bon, j'y vais... Hop !

Dans le mausolée, le clair de lune projette distinctement les ombres. La différence est nette entre les coins clairs et sombres. Je compte les cercueils en pierre alignés à intervalles réguliers le long du mur. Cinq sur six sont ceux des abbés précédents. Or, il y en a un de plus.

— C'est ici...

Normalement, il s'ouvre depuis l'autre côté. Le faire d'ici demande une force considérable. Tout comme les cinq autres cercueils, sur l'épais couvercle de celui-ci gît la statue d'un abbé dormant paisiblement. Or, celle-ci figure l'architecte se faisant passer pour un abbé.

— Alors, il ne repose pas ici ?

— Non, il paraît qu'il était en excellente forme. En tout cas, à l'époque où il l'a achevé.

— Il avait un drôle de sens de l'humour.

— Effectivement...

Je place les mains sur le couvercle en pierre.

— J'ai l'impression que j'apprécierais un bon verre en sa compagnie...

Je mets toute ma force pour le pousser. Il crisse...

— Humpf...

Je m'appuie sur mes hanches et fais un dernier effort.

L'épais couvercle glisse horizontalement à partir d'un des coins. Il ne tombera pas, et ne se cassera pas.

— J'admire les capacités de cet architecte. Mais...

L'intérieur du cercueil est plongé dans les ténèbres. Une odeur de moisi et un air humide me soufflent au visage. C'est l'effluve des cimetières.

— Il y a des escaliers.

Je frappe deux silex. Les bruits de frottement résonnent fortement. Ma torche me sera bien utile. Elle éclaire ces escaliers qui sont tel un chemin descendant vers les profondeurs de la terre. J'avance avec prudence, un pas après l'autre. Les marches en pierre ne présentent quasiment aucune marque d'usure. Une mousse moribonde s'accroche légèrement, mais elle disparaît au fur et à mesure que je progresse. Quand j'arrive en bas, il n'y en a plus du tout. Devant moi s'étend un couloir en pierre. Je marche en brandissant ma torche. Grâce à ma vision partagée avec le dragon, je vois encore très clair. Néanmoins, même lui ne voit rien dans un lieu sans aucune lumière. Et en pénétrant dans la barrière, notre connexion sera rompue. Si je commence à paniquer à ce moment, ce sera fichu. Dans les souterrains du château, il fait noir comme dans un four.

— J'ai quelques difficultés à comprendre. Pourquoi est-ce que tu descends dans des souterrains ? Le château est entouré de part et d'autre d'eau, non ? Il ne devrait pas y avoir d'autre moyen d'y aller que via le pont-levis ou en bateau.

Les types malins se font avoir par les apparences, car leur sagesse incomplète se retourne contre eux… à plus forte raison lorsqu'ils ont des ailes.

— Pour faire ce château, les hommes ont creusé la terre, drainé l'eau, et fabriqué un mur artificiel pour retenir l'eau. Ça ressemble à une île au bord d'un estuaire, mais à l'origine c'était une presqu'île.

— Ah !

— Comme tu l'auras deviné, partenaire, ce côté n'est pas si profond, en réalité.

— C'est une étonnante surprise.

— Comment ça se fait que tu n'aies pas remarqué ?

Un bref silence s'installe.

— Ce n'était pas dans tes souvenirs.

— Logique… Je n'étais pas là à sa construction. Ça fait juste partie de mes connaissances.

Des gouttes d'eau tombent du plafond en forme de voûte. Comparé à la zone que j'ai parcourue jusque-là, il y a nettement plus de piliers.

— Je suis sous la rivière.

L'eau que j'observais tout à l'heure file désormais au-dessus de ma tête.

— C'est une prouesse époustouflante.

— Ouais. J'en ai des vertiges rien que d'imaginer comment ils ont pu creuser tout ça.

— Ça m'étonne. Tu as pourtant réussi à fabriquer facilement l'abri des animaux et la chaise pour la traite sans outils réellement convenables.

— C'est parce que tu m'as aidé. Et puis…

— Et puis… ?

Des gouttes perlent également sur les murs de pierre. L'air est humide et affreusement froid. Être ici, c'est comme rester sous une pluie fine ou dans la brume. Les gouttières creusées des deux côtés du sol permettent à l'eau qui s'infiltre de s'écouler.

— Je suis un chevalier, pas un maçon.

J'ai l'impression de l'entendre doucement rigoler. J'ai dit quelque chose de drôle ? Je n'arrive toujours pas à saisir son humour.

— Tiens ?

— Qu'y a-t-il ?

— Mon souffle est devenu blanc. C'est comme le tien.

Il y a une raison au fait que nous bavardons tandis que j'avance. C'est pour savoir si je suis proche de la barrière.

Depuis combien de temps est-ce que j'arpente ce chemin sous l'eau ? La voix du dragon commence à se faire lointaine.

— Ta voix est plus faible.

— Oui, on dirait qu'elle nous affecte déjà.

— Ça veut dire que je dois être tout près du château. Je n'aurai bientôt plus à craindre que ce que j'ai au-dessus de la tête ne s'effondre sur moi…

— Gideon… sois prud…

— Spike ?

Après avoir passé un énième pilier, la voix du dragon s'interrompt brusquement.

— Ça a coupé ?

Ma vision s'obscurcit également d'un coup. La lumière de ma torche porte si peu que ça ? La vision humaine est vraiment si sombre ? Je regarde par-dessus mon épaule, en direction du pilier que je viens de dépasser. Est-ce que je reviens en arrière ? Non...

— Pfff, je m'en fais trop.

C'est ce qu'on avait anticipé. Même si c'est arrivé plus tôt que prévu. Allez, avançons, la princesse m'attend. Mais maintenant que je ne suis plus lié à lui, j'ai un sentiment étrange...

— Je me sens seul.

Je dis ça précisément car je sais qu'il ne peut plus m'entendre. Je ne peux pas laisser mon anxieux partenaire écouter mes lamentations.

※

— Hum...

Le dragon ouvre les yeux.

— La résonance de l'écaille s'est interrompue. Il a dû pénétrer dans la barrière.

— Ah, tant mieux, répond la sorcière.

Sa voix est distraite et songeuse. Ses yeux ambre tournés vers le ciel regardent un lointain passé. Elle cherche quelque chose qui n'est pas ici. Elle répond mécaniquement et plisse un œil. Les pupilles du dragon se contractent.

— Pourquoi s'être rangée de notre côté ?

Levant ses sourcils argentés, la sorcière regarde le dragon.

— Je te l'ai dit tout à l'heure, non ?

— Vous n'avez pas tout dit, je me trompe ?

— Allons, tu devrais simplement accepter les faveurs des gens, Spike.

— Moi aussi, j'ai pris de l'âge. À l'époque, je n'étais qu'un jeunot, mais désormais je suis plus méfiant.

Le plissement de ses yeux s'étend à tout son corps.

— Je veux le tester... Je veux voir s'il a vraiment l'intention de secourir la princesse.

Une certaine peine se cache derrière son sourire triomphant. La sorcière montre ses dents blanches et agrippe sa poitrine, là où se trouvait autrefois le pendentif doré qui contenait l'écaille du dragon.

— Mon chevalier ne m'a pas protégée. Pour sauver sa vie, il m'a livrée à l'ennemi.

Le dragon baisse la tête et pousse un profond soupir.

— C'est un test. En fait, il y a trois outils magiques qui préservent la barrière. Le troisième est au cœur du château, dans la salle d'audience !

Ses paupières sont grandes ouvertes et ses yeux ont changé de couleur. Même leur blanc vire au noir d'encre, et des particules rouges brûlent en leur centre. La sorcière sourit en pleurant de sombres larmes, comme si les ténèbres teintant ses yeux coulaient. Elle jubile de tout son corps avec une voix déformée.

— Je me demande s'il sera capable de réussir...

Elle pleure tout en riant.

Le dragon déploie ses ailes pour bloquer le clair de lune qui fait luire les larmes mouillant les joues de la sorcière.

— Je peux vous dire que vous sous-estimez grandement cet homme.

Chapitre 11 — La sortie

Une torche présente plusieurs avantages, mais ce que j'apprécie particulièrement, c'est qu'elle ne s'éteint pas facilement même en tombant par terre.

— J'en étais sûr.

Alors que je pensais arriver enfin au bout de cette voie souterraine humide et à l'odeur de moisi, un problème se pose. Franchement, je n'ai pas le droit à un seul moment de répit.

Quelqu'un marche sur un gland.

Un groupe sans ombre se tient dans la lueur de la torche. La première chose que je vois, ce sont leurs pieds. En m'approchant, je distingue leurs genoux, leurs tailles, leurs ventres, leurs torses, et finalement leurs têtes. Pas un seul ne m'est inconnu. Ce sont des gens à qui je confiais autrefois mes arrières. Désormais, ils n'émettent aucun souffle, aucun cri. Pour rompre le silence, je frappe le sol avec le talon de ma botte.

— J'en étais sûr...

Les coins de ma bouche se relèvent en un sourire déformé. Le son qui résonne sur les murs et les piliers m'informe que j'arrive au bout de ce couloir. La sortie est juste là. Il faut simplement que je passe ceux qui me barrent la route !

Je lève ma torche. Les chevaliers devant moi sont au nombre de neuf. Il y en a un en tête, et les autres sont alignés derrière lui deux par deux. C'est un mur vraiment compact. Le rôle du premier chevalier est de bloquer l'ennemi.

— Logique que ce soit toi à cette place.

Je suis désavantagé si je dois faire un combat long face à des adversaires qui ne ressentent aucune douleur. Et ces derniers le savent. Ils ont sciemment choisi une formation qui met l'accent sur la défense.

— Pas vrai ? Capitaine Robert !

Je cours et brandis ma torche avant de la leur jeter. D'un même geste, ma main droite dégaine l'épée à ma taille.

※

La torche est déviée par l'épée de Robert. Même en tombant au sol, elle ne s'éteint pas. Gideon en profite pour se mettre à portée.

— Là !

Il brandit à deux mains son arme et l'abat. Les lames en acier s'entrechoquent l'une contre l'autre. Elles envoient voler de minuscules morceaux et des étincelles. À compétences égales, Gideon l'emporte d'une courte tête en tenant son épée avec ses deux mains. Est-ce qu'il va pousser ou se retirer ? Contrôler la distance pour porter le second coup ? La question se poserait s'il s'agissait d'un combat régulier.

— Prends ça !

Alors que les deux épées sont collées l'une à l'autre, il lève la jambe et donne un coup de pied. C'est une attaque-surprise parfaite. Du moins, en apparence. Même si elle était inattendue, elle ne l'a pas eu en traître pour autant. Robert tombe à la renverse et s'écrase au sol. Cette attaque aberrante décontenance légèrement les autres chevaliers. Vivants, ils auraient été stupéfaits, certains poussant un soupir, d'autres affichant un sourire amer.

— Eh ben alors ? C'est mou, tout ça !

Est-ce que les défunts conservent leurs souvenirs, même une fois devenus des revenants ?

— C'est marrant que vous soyez toujours aussi sérieux !

Gideon les taillade plus vite que ses ennemis passent de la défense à l'attaque. Néanmoins, le couloir est étroit. Il ne parvient pas à porter de coup qui soit susceptible de les changer en poussière. La meilleure chose est d'y aller à l'estoc, mais cela demande trop de temps d'enchaîner un coup après l'autre. Or, ce temps est précieux. Gideon agrippe le bout de son épée et la balance de tout son poids en visant le bras de son adversaire. Même s'ils ne ressentent pas la douleur, ils ne peuvent pas tenir une épée sans doigts. Si leur poignet n'est plus assuré, ils ne pourront pas blesser le chevalier.

On entend le bruit de la peau qui s'ouvre et de la chair tranchée.

Des doigts tombent alors qu'un autre bras pend mollement après avoir été coupé. Deux ennemis ont lâché leur arme. Le son du métal qui s'entrechoque résonne sans interruption. L'attaque du troisième... arrive dans le bouclier à son dos. Les morts ne peuvent que reproduire la technique. Il ne faut plus s'attendre à une quelconque noblesse de ces chevaliers.

— Désolé, Greg.

Il s'agenouille et bondit en arrière afin de le projeter contre le mur du couloir. Il utilise le contrecoup pour se relever.

— Je vais éviter de me faire tailler le dos une deuxième fois.

Pas un visage ne lui est inconnu. Ils ont toujours la même tête que lorsqu'ils se sont quittés, un an plus tôt. Il s'est souvenu d'eux des dizaines et des centaines de fois.

— Je suis content. J'ai pu revoir vos tronches une dernière fois, seulement...

Impossible de dire si ce sarcasme est une preuve qu'il a fait son deuil ou un simple bluff. Les morts peuvent être rappelés tant qu'on veut. Toutefois, les vivants changent.

— Je ne pourrai pas éternellement être tourné vers le passé.

Sa main droite tient son épée pendant que la gauche fouille la sacoche à sa ceinture. Il en sort la bouteille d'alcool plate et rectangulaire remplie du souffle du dragon. Luisant faiblement au travers de ce verre transparent, son contenu tourbillonne comme s'il était vivant.

— Il y a quelqu'un qui m'attend.

Jamais il ne s'excusera, ne se lamentera ou ne geindra. S'il commence, il ne pourra pas s'arrêter. Ces minuscules fêlures se répandront en un clin d'œil à tout son corps et il s'effondrera. On peut pleurer la perte de quelqu'un n'importe quand. Mais ce n'est pas le moment pour ça.

Le chevalier Gideon se tient au milieu de ses ennemis. Il retire le bouchon avec ses dents et boit une gorgée, avant de la lever respectueusement. Dissimulée par sa barbe broussailleuse, sa bouche se crispe et il serre les dents. La peau au-dessus de ses joues le tire. Sa pomme d'Adam remue et il engloutit le souffle du dragon. Ses yeux plissés s'écarquillent brusquement. Ses pupilles se contractent et l'iris devient plus pâle. Aussitôt, il ressent un éclair dans son poignet et projette la bouteille au sol. Celle-ci se brise en morceaux sur les dalles de pierre.

Un éclair ! Un grondement ! Un souffle !

Ses cheveux parsemés de gris et sa cape noire cousue de fils d'argent se relèvent. Une flamme s'étend. Sa large épée à double tranchant se fiche dans le sol, tandis qu'il s'effondre à genoux. Est-ce en prière pour ses camarades ou parce qu'il se prépare à la tempête de flamme ?

Du centre de la bouteille brisée naît un tourbillon qui engouffre tout le couloir de pierre. C'est un brasier d'une intensité terrible. Engloutis par le souffle du dragon, les chevaliers sans ombre finissent aussitôt en poussière. Il n'en reste qu'un seul. Le coup de pied de Gideon a été impitoyable. Le corps du capitaine Robert avait été projeté au fond du passage, si bien qu'il a échappé de peu au tourbillon de feu.

Une flamme écarlate souffle sous les yeux de Robert qui tente de se relever tant bien que mal.

— Oh !

Il se fait brusquement faucher. Par une épée banale, sans aucune griffe, ni décoration ou légende à son nom. Par un acier travaillé avec ferveur par un forgeron d'expérience. Son porteur ne la tient plus que de la main droite et s'apprête à l'abattre. La flamme dessine une spirale en suivant le mouvement de la lame.

Le vert de la forêt, le pourpre de l'aube, et parfois le rose des fleurs. Les yeux bleu clair du chevalier Gideon ont vu de nombreuses couleurs. En ce moment, c'est le rouge de cette flamme déchaînée. Elle est éclatante, comme sa dextérité à changer de prise. Il entame une rotation complète grâce à l'inertie de l'épée. Il tranche tout ce qu'il a devant lui en diagonale vers le bas. C'est une attaque ne présentant aucune hésitation.

— Je ne vous oublierai jamais. Je peux te l'assurer.

Des tempes, à la bouche, au torse puis au ventre. Celui qui reçoit cette découpe oblique et celui qui l'inflige échangent un regard.

— Mais tu n'es pas lui.

Englouti par les flammes écarlates, le capitaine Robert s'effondre, tandis qu'à partir de sa blessure, il se change en poussière noire.

— Tu peux revenir tant que tu veux. À chaque fois, je...

Il agite son épée et la pointe à nouveau vers son ancien ami qui s'effrite.

— ... te tuerai.

C'est un vœu envers lui-même. Un adieu au passé.

Une goutte brille dans le brasier. Contrairement à son discours résolu, le chevalier pleure. Le visage déformé par les larmes, il renifle. Tout est englouti par les flammes et s'évapore. En revanche, lui qui en a avalé une gorgée n'a pas perdu un seul cheveu.

Ah, d'accord... une fois tombées, elles ne font plus partie de moi...

Après avoir vu le dernier fragment disparaître, il agite son épée et la range dans son fourreau. Le chevalier s'essuie sommairement avec son poing. Après cela, il ajuste bien son chapeau au niveau de ses yeux et avance. Avant que la flamme qui éclaire encore les environs ne s'éteigne.

— Pour la princesse !

La lourde porte s'ouvre dans un claquement.

※

Dans une pièce au sommet de la tour où elle a rassemblé des choses belles et jolies, Damoiselle Megan se regarde dans le miroir. Elle fronce ses fins sourcils et plisse son front au teint de porcelaine.

— Que c'est laid.

Un tourbillon de flamme engouffre brusquement la surface du miroir et le traverse.

— Comment est-ce possible ?

Le miroir ovale est encadré par des bords d'or et d'argent, et surmonté d'un crâne de saphir. Il grince et penche de l'intérieur vers l'extérieur. Bien que ce soit fâcheux, Megan s'attend à ce qu'il tienne le coup, tout comme la dernière fois.

Cependant, le combat a cette fois lieu dans les sous-sols du château. C'est bien plus proche que la cachette dans la forêt.

— Quoi ? Qu'est-ce qui se passe ?

Le miroir des défunts se fend horizontalement dans un bruit semblable à un cri. Cette petite fissure qui était discrètement apparue ce jour-là s'est maintenant ramifiée pour s'étendre à l'ensemble de la surface en un clin d'œil. Megan brandit sa bague pour tenter de l'empêcher, mais trop tard !

Un son aigu. Un écho endolori. Un bruit net et propre. Et le miroir des défunts se casse malheureusement en mille morceaux.

— Ah !

Des débris assaillent Megan. Ses bras sveltes et sa robe légère ne lui permettent pas de se protéger ou d'y échapper. Un morceau particulièrement grand pénètre son front blanc immaculé. Pas un seul des débris ne tombe au sol. De manière mystérieuse, comme s'ils étaient vivants ou animés d'une volonté propre, tous les fragments sont attirés les uns après les autres et percent le corps de Megan. Ses mains, ses jambes, son visage, sa bouche, sa gorge, ses yeux... Elle crie pour la première fois de sa vie à cause de la douleur qui la traverse. Mais elle a beau hurler, aucune voix ne sort.

※

En montant les escaliers, l'humidité diminue à vue d'œil.

Les roches imbibées d'eau s'assèchent, et l'air se fait plus léger également. Je quitte les souterrains et retrouve la surface, puis les escaliers s'arrêtent. Le dessus est obstrué par une pierre plate. Je m'accroupis sur la dernière marche et tends l'oreille. Je ne détecte aucun mouvement. Je hoche la tête et descends quatre marches.

— Je crois que c'était par ici...

Ma main droite touche le mur et trouve aussitôt, car je savais où chercher. Je fais pivoter une des nombreuses pierres incrustées. Quelque chose crisse en tournant dans le mur. Des chaînes sont tirées et des objets lourds sont soulevés. Les mouvements s'emboîtent et la dalle au-dessus de ma tête coulisse. Un faisceau de lumière filtre faiblement, avant de s'élargir peu à peu. Juste assez doucement pour que mes yeux aient le temps de s'habituer. Je constate que le passage est ouvert et je sors. Comme on me l'avait dit, je débouche derrière l'autel de la chapelle. Je tire l'un des chandeliers, le piédestal s'incline et fait apparaître une chaîne dissimulée. Le mécanisme s'active une nouvelle fois, et la dalle se referme. Retrouvant le silence, l'endroit baigne dans la lumière de la lune. Il n'y a ni cierge pour adresser nos prières ni encens pour purifier le lieu. En revanche, quelque chose qui ne devrait pas y être se trouve là.

— Ouah !

Je laisse involontairement échapper un cri qui résonne sur les murs et les piliers de voûte qui soutiennent ce haut plafond. Je m'empresse de me taire. Je suis là où le prêtre est censé se tenir. Le moindre petit son est réverbéré dans chaque coin du bâtiment. C'est ainsi qu'il a été construit. L'autel est complètement recouvert de fils d'araignée argentés. C'est déjà impressionnant en soi, mais ça ne s'arrête pas là. Une imposante toile d'araignée s'étend au plafond, au sol et aux murs. Je me demande jusqu'où elle monte…

J'avance avec prudence.

Elle a cristallisé, laissant des gouttes toujours bien apparentes. En me rapprochant, je ressens quelque chose d'étrange. Ma cape est comme attirée par des doigts invisibles, tandis que je me dirige vers elle.

Alors, les mêmes forces s'attirent.

Je vais pour la toucher du bout des doigts. Le fil d'argent qui borde ma cape et la toile d'araignée cristallisée réagissent. Au contact, de la lumière argentée la parcourt telles des ondulations. Celles-ci convergent vers le centre de la toile. Là, je ne vois pas une araignée, mais un orbe brillant tenu par les fils cristallisés.

« Regardez-moi. N'oubliez pas. »

Bingo.

Je bouge simplement les lèvres sans parler. L'orbe pulse comme s'il respirait.

Bleu, rouge, vert, jaune, puis blanc... toutes les couleurs sont mélangées et apparaissent par alternance, produisant un arc-en-ciel instable. L'orbe semble assez grand pour qu'il faille le tenir à deux mains. Je prends l'arc dans mon dos et j'arme une flèche.

Est-ce que ce serait pas un sacrilège de décocher une flèche dans une chapelle ?

Mais c'est la meilleure stratégie ici.

Je m'excuserai plus tard en priant ou en faisant du bénévolat. Pour l'heure...

Ce n'est pas une distance que l'on peut couvrir avec son bras. Et on peut difficilement qualifier ma cible de grande. Néanmoins, grâce à ma vie dans la forêt, mes compétences se sont considérablement améliorées.

Je touche à nouveau la toile d'araignée. Cette fois, je mets directement les fils d'argent de ma cape en contact avec elle. La lumière est bien plus intense que tout à l'heure. J'ajuste ma flèche et bande mon arc en frêne qui se courbe, passant d'un croissant à un quartier. Je n'ai besoin que d'un seul tir. J'inspire doucement, bloque ma respiration... et décoche. La flèche dessine une parabole et perce la partie inférieure de l'orbe en moins de temps qu'il n'en faut pour le dire. En réaction, sa surface se relâche. J'ai mis dans le mille. Un arc-en-ciel jaillit de l'orbe sans un bruit.

Enfin, je crois ?

Mes oreilles me font mal. Des vibrations infimes se propagent d'un coup depuis le cœur de la toile.

— Bon sang...

Puis celle-ci s'effondre dans un bruit terrible et magnifique. Normalement, la chapelle est constamment ouverte et on remarque rarement les portes dissimulées dans les panneaux de bois aux murs. On ne peut le savoir qu'en étant déjà au courant. Je tire prestement la porte, et glisse pour me cacher dans un passage étroit. Les seuls à le savoir sont ceux qui balaient et nettoient le bâtiment, de même que le prêtre et ses servants, ainsi que les personnes en qui le roi accorde sa confiance.

De l'autre côté du mur, on entend le bruit du fil brisé qui tombe au sol en morceaux. Peu après, la porte à double battant cogne violemment contre le mur. Qu'est-ce qu'ils peuvent être brutaux… Enfin, je suis mal placé pour parler. Des pas lourds résonnent. Il y a six hommes vêtus d'armures et de bottes métalliques.

— Qu'est-ce qui s'est passé ? demande l'un, paniqué.

— Ça craint.

— C'est clair.

— Il faut vite en informer le commandant ! s'exclame un autre.

À ses mots, mon visage se crispe.

— Hou-là, doucement, une petite minute. Si on va le voir en panique, ça va empirer les choses. On pourrait nous faire porter le chapeau.

— Nous ? T'iras tout seul !

— Tu déconnes ? Tu songes à t'esquiver ?

— La chapelle, c'est ta zone.

— Mais à toi aussi !

— Attendez, calmez-vous. Si on se tait, on ne sera pas blâmés.

— Mais ce sera encore pire quand quelqu'un s'en rendra compte.

— Ce sera pas un problème si c'est pas pendant notre tour de garde.

— Ça me plaît. On n'a qu'à faire porter le chapeau à la prochaine équipe.

Les bruits de pas s'éloignent et les portes se referment. Bien, c'est parfait. Grâce à eux, je vais gagner un peu de temps. Je laisse la chapelle derrière moi et détale.

— Plus qu'un !

※

Pendant ce temps, du côté du Seigneur Ambition…

— Bientôt.

Dans la salle d'audience, il contemple le trône. Sur ce siège sans plus personne pour s'asseoir, il y a un coussin en velours rouge sur lequel repose une couronne dorée qui renvoie une lueur pleine de majesté. Elle a pour seul ornement un joyau rouge incrusté en son centre. Le Seigneur Siegfried tend sa main droite vers son reflet rougeoyant.

— Enfin, ce sera bientôt à moi. Le trône, la couronne, le château, le pays... tout à moi...

C'est alors qu'il entend un bruit semblable au crissement du verre ou au cri aigu d'un nourrisson. Il se retourne et, au bout de son champ de vision, se trouve le troisième outil magique. Trois orbes soutenus par une toile d'araignée bien plus fine, bien plus minutieuse. Or, l'un d'eux vient de s'effondrer. Il a perdu sa couleur, devenant livide, puis s'effritant en cendres dispersées par le vent pour se fondre dans les airs.

— Oh ! Ooooooh !

Le visage du Seigneur Ambition tressaille et il s'arrache les cheveux. Pourtant, il continue en se griffant les tempes, les joues et la mâchoire. Sans même se soucier de tailler en pièces la barbe dont il est si fier.

— Je ne les laisserai pas interférer... Jamais !

Puis il court dans le couloir avec ses cheveux en bataille. Les officiers, les soldats et les domestiques regardent tous derrière eux avec crainte ou détournent les yeux de cette scène étrange. Sans se préoccuper des apparences, il se précipite en direction de la chambre de la princesse. Ses doigts moites et tremblants trifouillent le trousseau de clés à sa ceinture.

— C'est laquelle ? Ah, ces satanées clés !

Lorsqu'il tient enfin la bonne, la serrure est déjà pleine de rayures. Un triste spectacle, comme si on avait essayé de l'ouvrir avec un petit couteau.

— Où est la princesse ?!

Le discret paravent placé devant la porte s'effondre violemment. Derrière se trouvent une servante et une couturière terrifiées, ainsi que la princesse. Elles ont travaillé toute la nuit pour ajuster la robe de mariée. Leurs yeux sont rouges et injectés de sang, et leurs doigts couverts de blessures. C'est ce qui arriverait à n'importe quel tailleur expérimenté devant manier son aiguille à toute vitesse sous une lumière vacillante. La princesse vient juste d'enlever sa tenue. Elle est en dessous de soie blanche sans manche et avec un ourlet court. Elle porte des bas blancs encore plus fins que des ailes de papillon, ainsi que des bottes blanches cousues de perles d'argent scintillantes. La servante écarte les bras et se met en travers du chemin.

— Elle n'est pas prête. Vous ne pouvez pas la voir. La princesse est en train de se changer, déclare-t-elle d'une voix tremblante mais ferme.

— Dégage !

Le Seigneur lève la main et la gifle. Frappée violemment au visage, la servante crie et s'effondre.

— Venez, princesse.

Il se précipite vers elle et la saisit par le poignet.

— Non. Lâchez-moi ! gémit-elle.

Alors qu'il la tire de force, la servante au sol lui attrape le pied.

— Vous ne... pouvez pas... Laissez-nous au moins finir...

— Ah, qu'elle est tenace !

Le Seigneur Ambition est complètement hors de lui. Il piétine avec fureur le corps, le visage et les mains de la femme, sans prêter attention à ses faibles gémissements.

— Tu cherches à me mettre des bâtons dans les roues ?! Tu es rétrogradée simple cuisinière. Allez, dégage à la cuisine et va ramper sur son sol gras pour le reste de ta misérable vie !

— Arrêtez ! crie la princesse.

Ses cheveux roux onduleux sont en bataille et elle se tient fermement sur ses jambes en dessous blancs.

— Je vais venir avec vous. Alors, arrêtez de la taper.

Le Seigneur Ambition se retourne fébrilement et observe la princesse avec un regard transporté, mais surtout un air perçant et dévorant.

— Oh, princesse, vous voulez donc m'accompagner ?

Un sourire satisfait se dessine doucement. Il ouvre la bouche et dévoile ses gencives.

— C'est bien, vous êtes une brave petite. Venez, allons dans la salle du trône. Vous avez hâte d'être à la cérémonie, pas vrai ? Ô adorable princesse...

※

Ma cape est tirée comme si elle était pincée par de minuscules doigts. C'est une force si infime que je ne la remarquerais pas si je n'étais pas concentré.

— Par là ?

Cela demande du temps de se déplacer dans le château sans être vu. Parfois, je me dissimule entre les murs et les tapisseries, parfois dans les passages étroits entre deux murs épais, et parfois dans les couloirs réservés aux domestiques. Comme j'ai pu le constater dans la chapelle, plus ils sont en bas de l'échelle, plus ils cherchent à cacher les choses gênantes. En voulant presser trop fort, on aggrave au contraire ses plaies. Pour moi, c'est une aubaine. Je marche en étant attiré vers ma destination. La force d'attraction est plus intense que tout à l'heure. Est-ce que l'autre est plus chargé maintenant que j'en ai détruit un ?

Je crois bien que c'est par là...

Je traverse le passage servant à apporter les plats, parsemé de sobres piliers. Des odeurs de viande rôtie et de pain cuit flottent depuis l'angle. J'entrouvre une petite porte pour observer. Comme je le pensais, je débarque dans la salle de réception. Les innombrables bougies au plafond et aux murs sont d'une lueur éblouissante. Sur l'imposante table au centre sont dressés assiettes, couteaux, fourchettes et verres. Les murs sont décorés de multiples fleurs, et les préparatifs du banquet sont en bonne voie. Au dessus du siège du roi est suspendue une tapisserie dépeignant les paysages du royaume avec au centre l'emblème de la famille royale.

— Hum... ?

Je plisse les yeux. C'est étrange, ce motif auquel je suis habitué m'apparaît comme différent. Il y a des ajouts ici et là qui jurent avec le reste... Cet écart entre mes souvenirs et l'objet devant moi m'irrite les yeux. C'est particulièrement désagréable. C'est la même chose que j'ai ressentie en voyant le château.

— Elle a été modifiée.

Au moment où je le formule, un des motifs affleure telle une illusion : une toile d'araignée argentée. Elle s'étend sur la tapisserie, et en son centre se trouve un orbe iridescent frémissant.

— Bingo !

Bon, et maintenant ? Contrairement à tout à l'heure, cette fois le lieu est bien en vue. Une flèche plantée au milieu risque de se faire remarquer.

Mais il y a un moyen.

Je retiens mon souffle et patiente. J'attends le moment où les va-et-vient pressés des gens préparant le banquet s'interrompront. Hommes et femmes sont épuisés, et pas un seul n'a aucune blessure. Dès que l'occasion se présente, ils s'arrêtent pour se reposer. Il ne reste qu'à attendre l'instant où ils seront tous en pause... maintenant. J'ouvre la porte et sors à moitié. Je retire le bouclier sur mon dos, puis le lance. Quel angle et quelle force dois-je mettre dans ce mouvement ? J'ai suffisamment de temps pour ajuster mon tir. Mon bouclier s'envole, il tournoie à l'horizontale, et atterrit pile dans la tapisserie ! Il brise l'orbe, heurte le mur et rebondit. Je le réceptionne et ressens un doux impact dans ma main.

— Parfait !

J'observe l'orbe tomber en morceaux et retourne dans le passage.

Hou-là.

J'aperçois une silhouette à l'angle. Je me cache immédiatement derrière un pilier. C'est une femme. Elle est encore jeune, mais son corps la fait souffrir... Elle boite et avance en chancelant. Avec les mains tremblantes, elle porte un pichet plein à ras bord d'alcool. La lumière vacillante illumine son visage. Je suis estomaqué. Son œil gauche est douloureusement enflé, au point d'en être presque fermé. Elle a été battue.

C'est atroce !

Contrairement à la salle de réception, ce passage est assez mal éclairé et plutôt sombre. Et comme c'est à l'abri des regards, il y a des objets posés par-ci par-là, des déchets abandonnés, des restes de gras ou de bouillon, ainsi que des taches de boisson.

— Ah !

Elle glisse et perd l'équilibre. Elle s'appuie aussitôt contre le mur pour rester debout. Toutefois, elle ne peut pas tenir le lourd pichet d'une seule main. Celui-ci lui échappe et se brise au sol. Le vin se répand comme une éclaboussure de sang. Dans un autre moment, le riche parfum du raisin aurait pu me laisser extatique.

— Ah ! Mais qu'est-ce qu'elle m'a fait, cette pauvre sotte ?!

Un homme accourt en hurlant.

— Regarde tout cet alcool précieux que tu nous as fait perdre ! Ta vie ne serait pas suffisante pour compenser son prix ! Allez, excuse-toi par ta vie !

Dans sa main droite, il lève un épais bâton. La femme pousse un cri et s'étale au sol. Elle tente de se protéger et couvre son visage avec ses mains.

— Crève, sale gueuse !

Mon corps bouge avant même que j'aie le temps de réfléchir. On entend le son du métal. La vibration de l'impact est transmise à mon bouclier. Si elle se l'était pris, le crâne de cette femme se serait ouvert en deux comme un œuf.

— C'est dans tes habitudes de frapper plus faible que toi ?

L'homme a les yeux écarquillés et l'air ahuri avec la bouche ouverte. Son haleine empeste l'alcool. Il connaît bien les alcools chers, visiblement.

— Pourquoi ne pas t'en prendre à moi, plutôt ?

Je repousse son bâton avec mon bouclier. C'est décevant. Il y a un sacré écart avec ceux qui cherchaient à m'abattre dans les souterrains.

Il ne vaut pas la peine que je salisse mon arme.

Lui et son gourdin vacillent formidablement. Je l'assomme immédiatement avec ma main droite.

— Gumpf...

L'homme est projeté contre le mur et s'effondre, tandis que son bâton roule au sol.

— Est-ce que ça va ?

Elle acquiesce tout en tremblant. Je tends la main et l'aide à se relever. Bon sang, même le bout de ses doigts est couvert de blessures.

— Cette folie s'arrête aujourd'hui. J'y mettrai un terme.

— Un chasseur représenté par des étoiles…

Avec son seul œil valide, elle fixe mon bouclier.

— Vous êtes Gideon ?

— Quoi ?

— Vous êtes Gideon l'Épineux, n'est-ce pas ?

Sa manière de m'appeler est exactement la même que la princesse. Jusqu'à son intonation.

— Comment connaissez-vous ce nom ?

— La princesse m'en a parlé.

J'en étais sûr. Elle est de notre côté.

— Où est-elle ?

— Dans la salle du trône. Le mariage aura lieu là-bas.

Dans la salle d'audience ? Il faut toujours qu'il soit dans l'exagération, ce m'as-tu-vu… Minute, le mariage ?

— Je vais pas le laisser faire !

Le sang bout dans mes veines. Je savais bien que c'était son objectif, mais de l'entendre une nouvelle fois, j'enrage !

— Euh… M. Gideon ?

Du calme, Gideon. Tu es en face d'une dame. Prends une grande inspiration et ne te laisse pas emporter.

— Je vous remercie, dis-je galamment.

Je saisis à nouveau sa main, l'enserre dans les miennes, et l'embrasse du bout des lèvres. Je ne songe à rien d'autre pour lui témoigner respect et gratitude.

— Je vous en prie, il faut secourir la princesse, insiste-t-elle.

— Vous pouvez compter sur moi.

— Je vous souhaite bonne chance, chevalier.

— Merci.

Je la laisse et poursuis dans le passage. Ah, je peux enfin un peu souffler.

— Je sais où se trouve la princesse, partenaire.

J'avance prestement tout en m'adressant à l'écaille dans ma poitrine.

— Elle est au dernier étage du château, dans la salle d'audience. Ce sera rapide d'y arriver par en haut...

Pas de réponse.

— Oh, tu m'entends, Spike ?

Mes jambes s'arrêtent. C'est pas possible. Dans cette situation, ce dragon trop sérieux et anxieux ne resterait pas sans rien dire.

— Tu gardes le silence ? C'est pas le moment de plaisanter.

Je plisse les yeux, mais ma vision ne change pas. Je ne parviens pas à me connecter à la vue du dragon.

— C'est pas vrai... Non, c'est pas possible. Allez, dites-moi que c'est une blague.

Je cherche à me convaincre que je manque simplement d'énergie, mais mon esprit l'a très bien compris. Il y a une seule et unique raison pour laquelle je n'arrive pas à me connecter à lui et n'entends pas sa voix... la barrière qui aurait dû disparaître est toujours là. Pourquoi ? J'ai pourtant détruit les deux objets magiques. Alors, pourquoi ?

— Qu'est-ce que ça veut dire ?

J'ai des sueurs froides. Que faire ? Qu'est-ce que je peux faire ? Je serre le poing et grince des dents. C'est évident. Si je reste planté sur place, la princesse sera mariée à cet homme ! Je dois l'arrêter. Non, je vais l'arrêter ! J'ai bien l'intention de l'empêcher par tous les moyens !

Je force mes jambes immobiles à avancer.

— Et puis, je sais où aller.

Il ne me reste qu'à avancer. C'est facile. Allez, Gideon Thorn.

— La princesse attend.

Chapitre 12 — La salle du trône

De l'autre côté de la porte à double battant, on entend un combat qui fait rage.

L'épaisse porte grince et plie vers l'intérieur. Le Seigneur Ambition est pâle comme un linge et a des sueurs froides, mais il ne lâche pas la clé du trône se trouvant dans sa main droite... le poignet de cette fillette de sept ans, la princesse Lala Lilia.

— Aïe.

— C'est pour bientôt, princesse. Une fois le mariage terminé, ce sera l'heure de mon couronnement.

La salle du trône est si large qu'elle pourrait facilement accueillir toute une armée de géants. Sur chacun de ses murs est incrusté un vitrail représentant un paysage des quatre saisons, centré sur un arbre immense. Derrière le trône se trouve l'été, à droite l'automne, à gauche le printemps, et au-dessus de la porte l'hiver recouvert de neige et de givre. Tous ceux qui pénètrent dans cette pièce passent par l'hiver et font face à l'été.

La salle du trône... la salle d'audience... son appellation change en fonction des gens. Est-ce qu'ils y voient le siège du roi ou le roi lui-même ? En tout cas, pour le

Seigneur Siegfried, le mariage n'est que le premier acte. Les yeux étincelants, il dévisage tour à tour le trône, la couronne, et l'orbe irisé soutenu par des fils d'araignée argentés. Au départ, il y en avait trois ; or, désormais il n'en reste qu'un, les autres s'étant changés en cendres. Lorsqu'ils ont disparu, le Seigneur Ambition s'est tenu la gorge et a gémi comme une grenouille à l'agonie.

Ses doigts serrent le poignet de la princesse avec une telle force que ses ongles rentrent dans sa peau tendre.

— Vous me faites mal !

Elle endure la douleur. Des larmes perlent à ses yeux verts ; néanmoins, l'éclat de sa volonté ne s'éteint pas pour autant.

La double-porte secoue violemment. Le bois grince et plie vers l'intérieur.

— Ah, la ferme ! Débarrassez-moi vite de cet intrus !

Une lame en acier se glisse dans l'interstice.

— Hiii !

Le Seigneur Ambition se cache le visage et recule.

— Mais lâchez-moi ! s'indigne la princesse en se débattant.

L'épée large et à double tranchant s'abat, sa force et son inertie brisant d'un coup la barre scellant la porte ! Cela représentait une protection pour le Seigneur Ambition, mais pour la princesse, davantage une serrure de prison.

— Ah, qu'est-ce qu'il fait ? Il est fou. Cet homme est fou !

La porte s'ouvre d'un coup de pied et un individu tout en noir bondit dans la pièce.

— Qui est cet impudent ?!

— Je suis le chevalier Gideon. Je viens chercher la princesse.

— Gideon ! s'exclame-t-elle.

— Désolé de vous avoir fait attendre, répond-il.

— T'en as mis du temps !

— Mes excuses...

Les yeux brillants, elle gonfle ses joues. Sur son visage enfantin se mêlent à la fois un air boudeur et un sourire. À côté d'elle, le Seigneur Ambition a les traits tirés, ainsi qu'un sourire railleur.

— Ah ! Je me demandais quel genre de héros allait me faire face...

Il hausse les épaules en se moquant de cet homme qui se qualifie de chevalier.

— Mais c'est juste un vieillard en piteux état que la mort n'a pas encore cueilli !

— Je ne peux pas dire le contraire...

Le visage ridé, Gideon sourit de toutes ses dents et respire fortement, expirant une haleine sanguine.

Combien d'hécatombes a-t-il dû traverser pour arriver jusque-là ? Il est à court de flèches, sa lame est émoussée, et ses habits sont en lambeaux. Des bleus récents recouvrent son visage. Son bouclier présente d'innombrables entailles. Et c'est sans doute pareil sous sa tenue et son armure. Le rouge qui coule sous ses pieds vient-il du sang de ses ennemis ou du sien ?

— On ne va pas rire longtemps, imbécile. Gardes ! À moi !

À son ordre, les soldats qui patientaient s'avancent. Tous habillés d'une tunique blanche, d'une cotte de mailles resplendissante, d'un casque en acier, ainsi que d'une lance. C'est une arme bien pratique qui permet d'atteindre un ennemi éloigné et de le trancher ou le transpercer. Les lèvres de Gideon se déforment et il fait un clappement de la langue.

— Ah, vous avez tous un objet bien dangereux dans les mains.

— Tenez-vous prêts !

D'un mouvement coordonné, ils pointent tous leur arme pour devenir un mur de lames étincelant se dressant entre la princesse et le chevalier.

— Attaquez !

C'est là que s'arrête leur organisation.

Ils crient tous à l'unisson, mais chargent de manière chaotique. Ils ont beau avoir le même attirail, ils ne restent qu'une bande désorganisée. Toutefois, ils sont nombreux. Jusqu'où pourra-t-il se défendre avec seulement un bouclier et une épée ? Le chevalier Gideon n'attend pas bien sagement d'être embroché, et va de lui-même au contact. Il repousse une lance avec son bouclier, et s'approche avant de brandir son épée. Il tente de se débarrasser en une fois de cette ligne de lances désordonnée…

— Ah !

D'un claquement, son épée se brise en deux morceaux et tombe lamentablement au sol. Le son de sa cassure résonne. Ses yeux bleu clair fixent le fragment de lame qui lui reste dans la main. Est-ce que trancher la barre tout à l'heure aurait été le coup de grâce après tous ses excès répétés ?

— Ha ha ha ! On dirait que c'est la fin, Gideon !

Le Seigneur Siegfried se penche en arrière et rit à gorge déployée.

— Tu vas pouvoir aller rejoindre l'ancien roi... Disparais, misérable !

Sans arme, il est dos au mur. Face à lui, les gardes reprennent rapidement pied. Il a beau en dégager un ou deux, le reste arrive juste derrière. Avec leurs lances, ils forment un double cercle autour de lui. Bientôt, le chevalier en noir est submergé par les hommes en blanc. Ce ne sont pas des soldats du royaume, mais une troupe qui bouge selon la volonté du Seigneur Ambition. Est-ce que ça pourrait être sa planche de salut ?

— Gideon ! Gideon, lève-toi !

L'encouragement de la princesse est étouffé par le bruit des armes s'entrechoquant et le grincement des armures.

— Je t'en prie, Gideon !

— Ha ha haaaa ! Tuez-le ! Allez, crevez-le ! Je récompenserai autant qu'il le souhaite celui qui aura sa tête !

La voix de cet homme qui rit à s'en décrocher la mâchoire dans une exultation des plus complètes réveille la volonté de la princesse.

Il n'y a que moi qui puisse sauver Gideon.

Elle prend une profonde inspiration et cesse de se débattre. Son manque de réaction ravit d'autant plus le Seigneur Ambition.

— Oh, brave princesse.

C'est en fait un arrêt avant sa prochaine action.

— Je ne vous laisserai pas...

— Hein ?

Elle lève gracieusement son genou, serre les dents, et concentre toute sa force dans sa jambe ! Elle utilise le talon extrêmement fin et dur de sa botte pour dame afin d'écraser le pied du Seigneur Ambition qui se trouve au comble de l'arrogance et de la fierté !

— Aïïïïïïe !

Elle a visé un point sensible du corps humain. Ses chaussures souples qui mettent l'accent sur l'apparence ne sont pas un excellent moyen de défense.

Pourtant, après avoir poussé un cri de douleur, il lâche son emprise, et la princesse en profite pour s'en défaire vigoureusement. Il a eu le malheur de la considérer comme une simple enfant. Pris par surprise, il tombe à la renverse et s'effondre lamentablement au sol.

— D'où est-ce qu'elle sort toute cette force ?!

Il tend désespérément la main pour attraper son ourlet étincelant. Mais la princesse est déjà hors de portée, ses cheveux roux onduleux ballottant, comme si elle cavalait dans la forêt ou arpentait les énormes branches de l'arbre millénaire. Elle fonce vers l'orbe soutenu par les fils d'araignée argentés. Elle ignore ce dont il s'agit, mais elle sait au moins une chose.

Je dois le casser !

Elle voit toujours la vraie nature des choses.

Si je le casse, je sauverai Gideon !

— Ouaaaaaaah !

Elle crie de tout son cœur. Le visage de l'homme qui se tient le pied se crispe.

— Attendez, princesse !

— Aaaah !

Elle bondit avec un timing impeccable et exécute un saut chassé ! Elle frappe avec tout son poids le piédestal constitué de fins fils d'argent !

— Nooooon !

La cacophonie étouffe son gémissement. C'est un son clair et susceptible d'émerveiller quiconque l'entend, telle une plume jouant une harpe aux cordes de cristal. Toutefois, le nom de cette composition n'est autre que « destruction ». Des fragments de fils se brisent et le dernier orbe tombe au sol en éclatant.

— Haa… Haa…

La princesse se relève et se tient fermement sur ses jambes. Les mouvements des gardes s'arrêtent.

— Gideon ! appelle la princesse.

Les soldats sont brusquement envoyés sur le côté, comme une fleur de lotus ouvrant ses pétales. Leur encerclement s'effondre lamentablement, tandis que se tient toujours au centre l'homme en noir. Il serre les poings, tourne le dos et hurle soudain vers le ciel. C'est le rugissement hardi d'un dragon qui sort de sa gorge. Il perce les airs et fait trembler les vitraux.

— Hiiiii !

Que ce soit les gardes ou leur employeur, tous se bouchent les oreilles en criant de peur. Or, la princesse accueille ce cri violent en tendant les bras avec un sourire. Ni l'homme qui a hurlé ni ce rugissement ne l'effraient.

Le chevalier relève lentement ses paupières. Ses yeux ne sont plus du bleu clair qu'ils arboraient jusque-là, mais de couleur miel, avec une pupille à la verticale : les yeux d'un dragon. Tous deux à bout de souffle, la princesse sourit tandis que le Seigneur gémit.

— C'est un monstre…

— Il est encore un peu tôt pour s'effondrer, Siegfried, le raille Gideon.

Une ombre gigantesque passe et bloque la lueur de la lune filtrant dans la salle.

— Je fais juste la première partie.

L'épée brisée suit la trajectoire de la silhouette, puis pointe la droite du trône, le paysage automnal.

— Voilà l'entrée en scène du rôle principal, ajoute-t-il sur un ton théâtral.

C'est alors qu'un souffle enflammé rougeoyant traverse le mur ! Il perce un trou énorme en carbonisant l'ensemble sans laisser le moindre débris. Avec le ciel nocturne dans son dos, le dragon atterrit calmement. De la vapeur s'échappe de lui, et ses quatre membres flexibles franchissent le mur. Ses étincelantes écailles rubis sont acérées, et des vaguelettes lumineuses parcourent tout son corps. Il tance la scène avec ses yeux dorés.

— Vénérable ! s'exclame la princesse.

Elle accourt en titubant. Le dragon se penche gracieusement pour se mettre à sa hauteur et réceptionner son petit corps qui bondit. Il l'enserre tendrement avec ses pattes avant et ses ailes. Ses écailles changent aussitôt pour devenir lisses et arrondies afin de ne pas blesser la douce peau de l'enfant.

— Princesse.

Tous les deux s'étreignent, tandis que le chevalier s'approche en boitant.

— Content de te revoir, partenaire.

— Moi de même, mon ami. Tu as su admirablement mener ta mission à bien.

— Non, non.

Gideon secoue la tête et jette un regard fier vers la fillette.

— C'est elle qui l'a terminée.

— C'est bien digne de notre princesse.

Le dragon courbe son long cou et embrasse le front de la princesse.

— Ma charmante petite Lala Lilia, vous vous êtes montrée valeureuse.

— Je vous adore, Vénérable !

Elle s'accroche au dragon et le couvre de baisers.

— Ah... Oui, comme toujours... Euh...

Le chevalier Gideon s'éclaircit la gorge. Il tient à nouveau son bouclier et se dresse devant la princesse et son ami.

— Ce mariage est annulé, tyran ! Lala Lilia est la seule héritière légitime du trône de Reverfeat ! clame-t-il de tout son être.

Ses yeux de dragon dorés jettent un regard perçant en direction de l'homme affalé au sol.

— C'est le tomber de rideau pour toi, ajoute-t-il d'une voix ferme.

Le dragon lève la tête et tance froidement le Seigneur Ambition.

— Il est temps de se retirer, Seigneur Siegfried.

Alors, le chevalier et le dragon crient de concert.

— Vous ne toucherez plus à un cheveu de notre princesse !

— Ne vous approchez plus de la demoiselle !

Terrassé par la voix des deux hommes, le Seigneur bondit dans un mouvement maladroit, comme une marionnette dont les fils se seraient emmêlés.

— J'en resterai pas là. Vous entendez, vous allez me le payer !

Il fulmine avec les cheveux en bataille.

— Vous tous... vous n'êtes que de la plèbe !

— C'est vrai que je suis un simple homme du bas peuple. Quelqu'un qui n'a pas d'autre talent que le combat. Mais, et vous alors ?

— Je vous le demande également. Qui êtes-vous donc ? l'interroge le dragon.

— Je suis...

Le chevalier et le dragon restent immobiles. Néanmoins, le Seigneur Siegfried recule lentement. Il s'écroule devant une telle prestance. Il sue à grosses gouttes et son champ de vision se trouble.

— Je...

C'est alors qu'il les voit. À côté du chevalier, du dragon et de la princesse... se tiennent les silhouettes blêmes du roi et de la reine, ainsi que des centaines de fillettes. Devant elles figurent ses deux épouses. Toutes lèvent la main droite et la pointent vers lui. Leurs doigts exsangues sont telles des aiguilles gelées.

— Ah !

Au départ, il n'avait qu'une ambition modeste. Il a usé avec habileté de son charisme et de ses mots flatteurs pour devenir le gendre d'un aristocrate. Il a obtenu l'argent, le pouvoir, puis une armée privée, et il a continué à s'élever davantage.

— Je suis...

Il a fini par accomplir un rituel en échange de l'âme de sa fille, afin que la bénédiction du Diable lui octroie le trône. Se cachant derrière cette justification, il s'est abaissé aux actes les plus inhumains. Encore un peu et la couronne aurait pu être entre ses mains !

« Je n'avais pas d'âme à la naissance. J'ai toujours été ainsi. »

Mais des yeux saphir l'ont fixé du regard. Un doigt blanc a pointé son visage.

« Réjouissez-vous. Vous avez accompli votre but en usant de vos propres moyens. »

Qui est-ce qui désirait le trône ? Lui ? Sa fille ? Qu'est-ce qu'il espérait réaliser une fois devenu roi ? Les mensonges dont il s'était paré commencent à se craqueler et finissent par tomber en morceaux. En fait, il s'en était sans doute aperçu il y a déjà longtemps.

Finalement, je n'ai été qu'un pantin de bois manipulé par ma fille...

— Ouh... Ouuuuuh...

Il serre tant les dents qu'elles se fendent. Il pince ses lèvres, et de la sueur poisseuse lui dégouline sur tout le corps.

— Ouuuuuuuuh...

Sa bouche reste close et sa gorge ne parvient même plus à pousser le moindre cri. Il recule en tremblant, avec la figure cramoisie. Ses yeux sont grands ouverts et injectés de sang, alors que ses pupilles se contractent, donnant l'impression étrange que le blanc les recouvre. Son visage est déformé, au point qu'on croirait que son crâne a été tordu, cassé ou carrément retiré. Sur ses tempes et son nez, les vaisseaux ressortent tels des vers de terre. Derrière lui se trouve le vitrail du printemps. La vie qui bourgeonne et fleurit est en parfait contraste avec lui.

Des centaines de doigts le pointent. Il ne peut s'y soustraire ni chercher un bouc émissaire. Incapable de le supporter, il leur tourne le dos... et se fait dévorer. L'homme disparaît sans un cri, entre les crocs de l'énorme mâchoire qui vient de traverser le vitrail. C'est une fin abrupte.

— Ah !

— Qu'est-ce qui se passe ?

— Ne regardez pas.

Le dragon s'empresse d'obstruer la vue de la princesse avec son aile.

Chapitre 13 — Vol à l'aube

C'est un requin ridiculement immense qui rampe sur les débris du mur. Il lui faut beaucoup de temps pour passer à travers le trou. Mais c'est peut-être simplement une impression.

J'en profite pour me précipiter et ramasser une lance tombée par terre. Le corps de l'énorme requin carnivore pénètre dans la salle, sa queue en dernier. En l'observant, j'ai des remontées acides. Et je me rends compte de l'affreuse vérité : il est constitué de cadavres ! Des mains, des torses, des têtes, des visages, des yeux, des nez, des bouches, des oreilles… Des parties de corps qui ont été découpées et fusionnées pour façonner ce monstre. Pire, elles sont encore vivantes et bougent ! Bon sang, c'est horrible, quelle abomination.

— Recule, partenaire, et emmène la princesse !

— Compris, répond le dragon.

Un génie complètement fêlé a conçu ce monstre en se servant de corps humains et les a assemblés de manière absurde. En l'observant, c'est d'abord le dégoût qui l'emporte sur la peur. Mais qualifier cette vision de désagréable est clairement un euphémisme.

— Princesse, montez sur mon dos.

— D'accord !

Elle grimpe sur le dragon en s'accrochant à ses ailes.

— Bien !

C'est certainement là qu'elle est le plus en sécurité. Le monstre mord le vide avec frustration. Ses dents acérées claquent. Il n'y a aucun espace entre elles. Les rangées se succèdent. Sa queue qui rampe au sol est terriblement longue. Il possède également un nombre d'ailerons aberrant. Ce n'est pas une forme conçue pour survivre.

La surface de son corps est en constant bouillonnement, d'abondantes cloques gonflent et éclatent les unes après les autres. Il est du bleu foncé d'un saphir. Une couleur baroque qui ressort bien trop dans l'environnement. Le fluide qui s'écoule de ses cloques est également bleu. C'est à la fois magnifique et répugnant. Mais le plus sinistre, c'est que malgré cette apparence, il ne dégage absolument aucune odeur.

— Ouaaaah ! Un monstre !

— Au secours !

— Aaaaah !

— Il regarde par ici !

Les gardes en blanc crient avec les yeux écarquillés… et je ne peux pas dire que je ne les comprends pas. Maintenant que celui qui les a engagés a disparu, il n'y a plus de travail à effectuer ni d'argent à se faire. Certains rampent à quatre pattes, et d'autres courent en tous sens. Ils pensent tous à leur survie, agitant les bras en cherchant à atteindre la sortie…

— Kyaaaa !

L'énorme gueule s'ouvre en grand et produit un bruit aigu.

Étrangement, cela ressemble au cri innocent d'un chérubin. Il se tortille dans ma tête et me perturbe, résonnant en moi de manière douloureuse.

En hurlant, le monstre s'appuie sur ses pattes arrières… Non, c'est bien l'endroit où elles devraient se trouver, mais il s'agit en fait d'une gigantesque paire de bras. Est-ce qu'ils viennent de pousser ? La créature est susceptible de changer à chaque nouveau coup d'œil.

C'est alors que le sol se met à trembler.

— Ouah !

Quelle énorme secousse ! Je perds pied et j'ai du mal à tenir debout. Alors que je manque de tomber, je suis heureusement rattrapé...

— Ça va ?

Par un bras amical recouvert d'écailles rouges.

— Merci...

Le monstre bleu bascule le haut de son corps au sol et rampe en se contorsionnant. Sous sa peau, sa chair ondule étrangement de manière régulière.

On croirait un genre de chenille.

Malgré sa taille, il est rapide.

Les types en blanc sont comme du maïs jeté dans une poêle. Ils sont projetés en l'air, renversés, et se débattent en se tortillant. Ils sont devenus les proies de la créature bleue qui les charge. Sans même avoir le temps de pousser le moindre cri, ils sont écrabouillés, déchiquetés et réduits en morceaux de chair. Ils sont engloutis par les bouches éparpillées sur tout le corps du monstre et mâchonnés violemment. Le nombre de soldats diminue à un rythme effréné.
C'est ce qu'on qualifie de balayer son ennemi ?

Il est fichtrement rapide !

Je remarque que toute la partie allant de sa tête à son ventre est constituée de dizaines, de centaines de bras sveltes. Elle les remue et se déplace comme un inscctc.

— Urgh, quelle horreur !

— **Alors que tu es impassible devant des cadavres... ?**

Il me parle en pensée pour ne pas que la princesse entende ? Ce dragon arrive à demeurer courtois malgré un tel chaos ?

— C'est pas du tout la même ampleur !

— **Ksha, kshaaa !**

En criant, le monstre bleu fait de la viande hachée des gardes en blanc et en répand des bouts partout. Tandis qu'il les engloutit, il commence à frémir peu à peu. Ses tremblements se propagent à tout son corps, il bouillonne et craquelle de manière encore plus terrible que jusque-là.

— Il est en train de s'approvisionner en « matériaux » !

La tête du requin grossit remarquablement. La chair s'amoncelle, les fluides se répandent et elle s'allonge en se déformant. Les os se rassemblent et la chair s'enroule autour comme une ficelle. Alors que je me demande quelle œuvre d'horreur il va bien pouvoir faire surgir...

— Qu'est-ce que c'est que ça ?

Il en sort une belle jeune fille gluante. Tout son torse jaillit de la tête de la créature. Sa peau bleue est lisse comme du verre. Elle est encore plus brillante et translucide que le monstre, et émet une faible lueur. La surface de son crâne mousse et dégage une légère lumière dorée pour faire apparaître de longs cheveux blonds lisses.

Qu'est-ce que c'est que cette blague ? On serait tenté de dire qu'elle possède la perfection d'une sculpture réalisée par un maître artisan... néanmoins, ce serait difficile à affirmer. À l'endroit où devraient se trouver ses yeux sont fichés d'innombrables morceaux plats et transparents. Ils sont tous extrêmement pointus, si bien qu'on y perdrait ses doigts rien qu'en les touchant. Ses bras sont aussi anormalement grands. La taille de ses mains et de ses doigts demeure celle d'une jeune fille, mais le reste est totalement disproportionné, comme allongé. C'est un spectacle abominable. Il y a une limite au mauvais goût. Il n'y a toujours aucune odeur, mais sa simple vue me donne des nausées.

— Megan.

— Hein ? C'est elle ?

La princesse me regarde et acquiesce.

— Oui, c'est Megan.

J'ai du mal à le croire, mais si elle l'affirme...

La bête bleutée courbe le cou et nous toise. Est-ce qu'elle a réagi à ce nom ? La surface de son corps écume et fait apparaître une multitude d'yeux. Tous jaillissent telles des cloques. Leurs paupières fermées s'ouvrent d'un coup. Tous sans exception dévisagent la princesse !

— **Ouaaaaaah !**

— Qu'est-ce qui se passe encore ?!

Des bouches viennent combler tous les intervalles entre les yeux. Chacune avec ses propres dents, sa propre langue, elles hurlent.

— **Tu étais donc là, Lala Lilia !**

Elle tend les bras, alors qu'à la surface de ses paumes apparaît un œil énorme. Ils sont d'un bleu si foncé qu'il est impossible de distinguer l'iris de la pupille. Consumé par la rage, le blanc de l'œil est injecté de sang.

— N'approche pas !

J'envoie ma lance et réussis à en percer un en traversant sa main.

— **Kyaaaah !**

Le visage de la fille se crispe, tandis que la multitude de bouches sur son corps jacassent.

— **Une fois de plus... Tu es encore une fois protégée.**

— **C'est toujours pareil. Tu as plein de gens dévoués. Plein de personnes qui ont confiance en toi.**

— **Pourquoi ? Comment ça se fait ? Alors que tu n'es qu'une gamine déplaisante, impertinente, têtue et agitée...**

— **Ces cheveux roux ébouriffés sont inconvenants. Tout comme ce visage constellé de taches de rousseur.**

— **Je suis bien plus jolie que toi.**

— **Je suis bien plus intelligente que toi.**

— **Alors, pourquoi ? Hein, Lala Lilia ? Il y a quelque chose qui cloche, pas vrai ?**

— **Pourquoi c'est toujours toi qui es avantagée ? Toi la seule à être heureuse ?**

— **Hein ? Pourquoi ? Pourquoi ?**

— **Je suis si malheureuse, et la seule qui sois contrariée.**

— Ah, ça suffit, la ferme !

Elle déverse ses murmures malveillants sur un ton monotone. Je n'arrive pas à le supporter malgré sa jolie voix. Entre chaque mot, elle crache du liquide bleu. À son contact, mon bouclier et les écailles du dragon dégagent une fumée inquiétante. Je ne laisserai pas une seule goutte toucher la princesse. Le dragon fronce le museau et grogne.

— Gideon, c'est du poison, me prévient-il.

— Ah, sans blague.

Elle a littéralement une langue de vipère.

— Ce n'est pas le moment pour les plaisanteries.

J'agite mon épée brisée et broie au hasard ces bouches crachant du poison. Elles sont étonnamment fragiles. Cependant leur nombre augmente à un rythme bien plus étourdissant que je ne les écrase. Je n'arrive pas à suivre !

— J'ai pourtant toujours été bien plus belle.

— Alors, pourquoi ? Pourquoi tu es la seule à être aimée ? Pourquoi tu es la seule à être promise au trône de la bienheureuse famille ?

— Tout le monde t'aime. Tout le monde me déteste. C'est de ta faute.

— Je veux ta place. Je ne peux pas te pardonner...

— Absolument tout est de ta faute.

— Tu m'as rendue malheureuse.

— Tu m'as volé tout mon bonheur.

— Si tu n'étais pas là... Si je pouvais me débarrasser de toi... Je... Je... Je... Je... Je... Je... Je... Je...

Sa malveillance se condense et se métamorphose en une hostilité pure.

— Je... Je... Jeeeeeeeeeaaaaa...

Monstre ou personne, elle a l'intention de tuer la princesse !

— Gideon ! Monte !

Je bondis sans perdre un instant. Je m'assois derrière la princesse et m'agrippe au harnais autour du cou du dragon.

— Fonce, Spike !

Plus nous sommes haut, moins nous avons besoin d'élan. Il saute du mur et déploie ses ailes.

— Aaah !

— Accrochez-vous bien, princesse !

Cette brève chute est suivie par l'impression de flotter un court instant. Le contenu de mon ventre flotte et remonte. Le dragon bat vigoureusement des ailes et s'élève. Nous avons réussi notre fuite. Les ailes rubis refoulent l'air froid d'avant l'aube. Le soleil est encore loin de poindre à l'horizon. La faible lueur colore à peine les nuages. L'indigo de la nuit s'estompe au sol, mais reste bien profond dans le ciel. C'est l'instant précédant l'aurore où la lumière et l'obscurité s'opposent. Normalement, mon champ de vision ne ferait aucune distinction entre les deux, mais là, c'est différent. Avec les yeux du dragon, je peux même voir jusque dans la salle d'audience au loin.

— Elle nous poursuit !

— Elle ne devrait pas pouvoir voler, s'inquiète le dragon.

— Elle est en train de se faire pousser des ailes !

Ce monstre bleu est une bête dont la forme change continuellement. Son dos qui frémit s'agite encore plus et gonfle. Quelque chose remue sous cette membrane ronde comme un ballon. Le vent rugit à mes oreilles ; néanmoins, je l'entends. Elle marmonne dans une voix monocorde.

— Vous ne m'échapperez pas.

La bulle éclate et déploie de fines ailes de couleur sang sur des os bleus. Tout en tremblant, la bête court et se jette à travers le trou du mur. Elle disparaît un instant de mon champ de vision.

— Elle arrive !

Elle zigzague légèrement, mais monte presque à la verticale. Les trois paires d'ailes dans son dos la font s'élever dans le ciel. Elle fend l'air avec la longue corne qui sort de son front. Il ne s'agit pas d'une belle corne comme celle d'une chèvre, d'une vache ou d'un mouton. Elle a une apparence étrangement déformée et pointue par endroits. Elle réfléchit l'éclat des quelques étoiles restantes et m'éblouit.

— Elle a beaucoup d'ailes.

— Mais elle n'a pas l'habitude de voler, affirme le dragon.

Effectivement, ce n'est pas avec ces ailes constituées à la va-vite qu'elle pourrait rattraper une créature née pour voler. Elle aura beau en augmenter le nombre, elle ne fera que se démener inutilement. Pourtant, elle s'entête à nous poursuivre.

— **Kshaaaaa !**

La bête hurle, alors que de multiples bouches s'ouvrent à la surface de son corps et émettent une lumière bleue.

— Elle va tirer !

— Accrochez-vous !

Je ressens son mouvement comme le mien. Il referme prestement ses ailes. Perdant sa portance, son poids le fait chuter. À l'inverse, mon corps est tiré vers le haut. Le contenu de mon estomac remonte d'un coup, et mes oreilles me lancent. Bon sang, on va être projetés ! Retenant la princesse, je m'agrippe de toutes mes forces. J'entends l'horrible bruit d'un être vivant qui éclate. Aussitôt, une boule bleue luisante passe juste au-dessus de ma tête, accompagnée de fines gouttelettes.

— Princesse, fermez les yeux !

Je la protège à l'aide de mon corps et de mon bouclier.

— Aïe !

Ma peau brûle en frémissant. Ce sont les fluides de la bête.

C'est complètement dingue. Elle projette sa propre chair et son propre sang !

— Gideon !

J'arrête cette petite main qu'elle me tend.

— C'est rien du tout. Et vous princesse, vous n'avez rien ?

— Moi, ça va !

— Tant mieux...

Nos ailes chauffent. Ce n'est pas ma douleur, mais celle du dragon. Avec son corps immense, il a été plus touché par le liquide. Je ne peux pas l'en protéger.

J'entends à nouveau le bruit de quelque chose qui bout.

— Attention, elle va tirer une nouvelle salve !

Nous sommes à une altitude plus basse que tout à l'heure. Nous ne pouvons plus esquiver en chutant.

— Accrochez-vous !

Le monde se retrouve brusquement à l'envers.

— Ouaaaaaah !

— Wouhou !

Alors que je crie, la princesse s'amuse. Le sol se trouve au-dessus de nos têtes. Une lumière bleue passe entre nous. Le bout de la queue du dragon brûle. Il n'a pas réussi à l'éviter parfaitement. Est-ce qu'il s'agit de flammes ou de lumière ? La terre se retrouve à nouveau en dessous de nous. C'est la première fois de ma vie que je fais un saut périlleux. Mon cœur bat à tout rompre.

— Désolé, je devais surprendre notre ennemi.

— Ça tu peux le dire... Tu t'es surpassé !

C'est surtout moi qui ai été stupéfait.

La vitesse de la bête diminue à vue d'œil. Ce n'est pas étonnant, puisqu'elle a consumé son propre corps en nous attaquant. Elle ne trouvera pas de « matériaux » pour se réapprovisionner en plein ciel.

— On va réussir à lui échapper.

— Ça me coûte de le dire, mais j'imagine que c'est ce qu'il y a de mieux à faire..., se résigne le dragon.

— Non !

— Princesse ?

— Regardez !

Dans la faible lueur précédant l'aube, la bête change de direction. Elle n'est plus à notre poursuite, mais vise désormais la cité endormie. Malheur !

— Elle compte attaquer la ville ?!

— On ne la laissera pas faire. Vénérable, suivez-la ! ordonne la princesse.

— Bien.

Cette abomination n'a personne à préserver, ce qui n'est pas le cas du dragon qui nous porte.

— Gideon, je te confie la défense.

— Oui, compte sur moi… !

Le dragon rugit. La bête… ou plutôt la fille qui en sort tourne la tête avec fébrilité. Elle observe la princesse à travers ses yeux fermés par les fragments de verre.

— **Kyaaaaaah** !

On a réussi. Elle nous prend pour cible et se détourne de la ville. Le dragon ne s'enfuira pas, cette fois. On lui fera face directement.

— Oooooh !

Est-ce que c'est moi qui crie ou bien lui ? Mon ventre me brûle, ma gorge m'irrite, et des vagues de chaleur me parcourent de part en part, au même moment où des ondulations rouges traversent le corps du dragon. À cet instant, nous ne faisons qu'un, lui et moi. Il attaque, tandis que je me charge de protéger. Je tends mon bouclier vers l'avant pour défendre la princesse.

— Restez bien derrière, princesse.

— Compris !

Elle se cramponne fermement au dos du dragon dans l'ombre de mon bouclier. Je suis admiratif de sa capacité à appréhender la situation.

La bête s'avance avec sa gueule grande ouverte.

— Allez !

La flamme rouge et la lumière bleue se percutent. Le dragon et la bête se rapprochent tout en continuant à cracher leurs attaques. La flamme primordiale du dragon et la lumière de cette bête qui change constamment rentrent en contact et s'opposent avec force.

— Ooooooooh !

— Kshaaaaaaa !

Dans la bouche de la créature, ses crocs se calcinent et fondent, mais elle ne cille pas. Un ennemi qui ne se préoccupe pas de son intégrité est puissant. À force égale, on ne peut que perdre.

Quand la barrière a disparu, la vie du dragon a coulé en moi alors que j'étais à l'article de la mort. Je devrais pouvoir faire la même chose.

— Spike, utilise ma force.

— **Ne dis pas n'importe quoi, Gideon, tu...**

— Allez ! Ne sois pas si réservé et accepte les faveurs d'un ami !

Son anxiété signifie que c'est faisable. Je me concentre sur l'écaille brûlée dans ma poitrine. Mon cœur bat remarquablement fort. Tandis que je ressens des vertiges similaires à ceux d'une hémorragie, quelque chose coule hors de moi et se déverse dans le corps du dragon.

— Prends !

L'équilibre se brise entre les forces rouge et bleue. La flamme l'emporte d'une courte tête !

— Oui !

Ma joie est de courte durée. Les multiples bouches sur tout le corps du monstre s'ouvrent pour lancer une lumière bleue ! Elles sont faibles, mais nombreuses. Trop nombreuses. On sera incapables de les esquiver à une telle distance !

— Rah !

Un choc et une douleur intenses m'assaillent l'épaule. Le dragon secoue terriblement et penche. Il a été touché de plein fouet, et s'est fait trouer le bout de l'aile ! Face à nous, la bête ouvre bien grand sa gueule et engloutit la flamme. Sa bouche fondue ressemble à un sourire arrogant.

— C'est pas vrai ! Comment c'est possible ?!

Son torse rougeoie de l'intérieur et commence à se liquéfier. Malgré tout, elle ne semble pas le moins du monde souffrir. C'est réellement sinistre. Ce sont deux créatures volantes, mais seule celle qui ressent la douleur a été durement touchée. Si l'on se fait face une nouvelle fois, on n'aura plus aucune chance de victoire. Est-ce qu'il vaudrait mieux s'enfuir ? Il n'y a pas d'autre choix ? Je serre les dents de frustration.

— N'abandonne pas, Gideon. Tu es plus têtu que ça.

— Je vais prendre ça comme un compliment…

Imbécile, c'est bien le moment pour ça ? Il serait bon d'arrêter de chercher à me surprendre.

La tension dans ma mâchoire se relâche.

— Tu es l'homme le plus tenace que j'ai rencontré au cours de ces cent dernières années.

Les rides sur mon front s'effacent. Hé, serais-je en train de sourire ? Dans une situation aussi désespérée ?

— Je suis flatté…

Nous faisons demi-tour pour aller de nouveau au contact de la créature. C'est vrai, je suis un chevalier. Mon corps avec mon épée devient un bouclier. Mon arme a beau être brisée, mon esprit demeure intact. Dès le départ, je ne pouvais pas me permettre de fuir en abandonnant les habitants innocents qui dorment en pensant que le matin viendra… C'est impossible. Et la princesse le sait bien. Elle est animée par la même volonté.

— Allez, partenaire. Pour la princesse.

— Pour la princesse.

Je contemple la bête qui se tient devant nous. Illuminée par le soleil qui se lève, la corne sur son front brille.

— T'as vu, Spike ?!

— Ouais, Gideon.

Je l'ai perçu à travers la vision du dragon. Cette énorme corne déformée et pointue qui sort du front de la jeune fille en bleu… c'est un miroir. L'agglomération d'un miroir brisé. À travers cette corne réfléchissante, la lumière se propage telle une trame dans tout le corps du monstre. C'est ça qui n'arrête pas d'envoyer cette sinistre lumière bleue. C'est son cœur !

— Il faut casser sa corne, Gideon !

— Ça marche, compte sur moi !

Cela étant, je ne dispose que d'une épée brisée. Je n'ai pas d'arme appropriée. Je ne peux pas utiliser mon bouclier, car il doit continuer à protéger la princesse. Il me faut quelque chose de lourd, quelque chose de long. Où est-ce que je pourrais trouver ça ?

Je vois les flèches du château à l'opposée de notre position. C'est le résultat de la rénovation d'ampleur réalisée par le Seigneur Ambition. Ces pointes de métal semblables à d'énormes lances acérées dépassent du toit. Est-ce qu'il s'agit d'anémoscopes, de paratonnerres, de protections contre les mauvais esprits, ou de simples ornements menaçants ? J'ignore leur but, mais elles me seront utiles.

— Spike, va vers le château.

— Ne demande pas l'impossible.

— Mais tu en es capable, non ?

— Bien entendu.

Le dragon agite la queue pour s'orienter et incline tout son corps en diagonale. Son aile le lance et sa queue lui fait mal. Je m'accroche au harnais et me penche. On s'approche. Encore un peu… là ! Je saisis un des pics. Je canalise dans mes bras toute la vitesse du dragon. Je la tords avec toute ma force. Mes genoux se relâchent et je flotte doucement. J'ai des sueurs froides. Est-ce que je tomberai ou ce sera la flèche qui cassera en premier ?

— Je ne lâcherai… pas !

Un craquement, puis je ressens un poids lourd dans mes bras. J'ai réussi, le pic s'est rompu au niveau du pied. Je peux remercier ce travail bâclé.

— Allez, on fonce !

Après avoir fait le tour des flèches, nous faisons à nouveau face à la créature. C'est maintenant que tout va se jouer.

— Princesse.

Je prends sa petite main et lui laisse mon bouclier.

— Utilisez-le pour vous protéger.

Elle me regarde avec son visage constellé de taches de rousseur et hoche la tête. Ses cheveux roux ballottent avec force.

— Entendu, chevalier.

On peut lui faire confiance. J'arbore involontairement un sourire. Je me rends à nouveau compte que je la chéris vraiment du fond du cœur... Lala Lilia de Reverfeat, cette petite demoiselle courageuse et déterminée.

— Allons-y !

— Il approche, Gideon !

— Oui, dès que j'aurai sauté...

— Je sais.

— Bien !

Au moment où l'on se croise, l'écart entre le dragon rouge et la bête bleue est infime, et le temps s'arrête. Je saisis à deux mains mon arme de fortune et bondis depuis le dos du dragon. Mon timing et mon angle sont parfaits. D'ici, je n'ai qu'à attendre qu'elle m'arrive dessus ! Des balles de lumière bleue me frôlent. J'ai de la chance. Comme je suis une petite cible, elle a du mal à m'atteindre. Je lève le pic dans mes mains et le plante dans la corne réfléchissante, la traversant de part en part. La fille ouvre la bouche et hurle, mais je n'entends pas sa voix. La corne se brise à partir de la pointe et tombe en morceaux. La masse bleue enfouie à la base est désormais apparente. C'est un crâne de saphir fiché dans le front de la jeune fille. Je ne me retiens pas, et l'écrase de plein fouet. J'ai l'impression de fracasser des os. Mais je n'y prête guère attention et continue.

— **Haaa...**

Les fragments plantés dans ses yeux disparaissent en poussière et ses paupières mutilées s'ouvrent. Dans ses yeux bleus, la lumière de la vie étincelle un instant, puis s'évanouit. Je referme ses paupières. Je ne trouve pas le moindre mot à lui adresser. Ce visage d'enfant magnifique. Cette apparence répugnante constituée de cadavres assemblés. Tout ce qu'elle a fait jusque-là est ancré dans sa forme actuelle. Son corps se craquelle de partout...

— Hein ?

Il s'effondre et se change en sable étincelant.

— Ouah !

Je perds pied et tombe.

J’agite mes membres, mais je n’ai rien où me rattraper. Le dragon s’est éloigné, comme nous en avions convenu juste avant que je saute. Même s’il s’en rendait compte et faisait demi-tour, il n’arriverait pas à temps. J’ai agi en connaissance de cause. Le vent rugit à mes oreilles, alors que le sol se rapproche. J’ai l’impression que le temps s’enlise. C’est plutôt cruel, au contraire.

Ah, bordel. Alors, c’est terminé pour moi ? C’est vraiment une fin stupide… Au moins, j’ai accompli ce que j’avais à faire. Je n’ai pas de regrets.

Je lève la tête et regarde l’aube qui vire de l’indigo au mauve, puis au rose. Magnifique. Si c’est ça le paysage que je vois dans mes derniers instants, ce n’est pas forcément un mal…

Soudain, ma chute s’arrête.

— Oh ?

Une énorme araignée est attachée aux remparts. Sur son dos se trouve une sorcière aux cheveux argentés.

— Salut.

Les fils lancés par ses doigts bruns me retiennent.

— Vous devriez prévoir vos plans de A à Z, vieil homme.

— Je suis confus…

※

— Gideon est sain et sauf, murmure le dragon.

— Dieu merci…

Derrière le bouclier, la princesse soupire de soulagement, son ruban vert-jaune flottant au vent. La poussière étincelante est le seul vestige de la créature bleue qui s’est effondrée. Dispersée par le vent, elle s’évanouit dans le ciel de l’aube. La princesse contemple ce spectacle en versant une larme.

— Adieu, ma cousine.

※

Suspendu aux remparts, j'observe les derniers fragments du monstre qui disparaissent sous les rayons du soleil.

— C'est étrange, je ne ressens rien. Ni rancune, ni colère, ni haine.

— C'était peut-être pareil pour elle, juge la sorcière.

— Je me demande.

— C'était la voie qu'elle avait choisie.

— Je vous interromps, peut-être… ?

Un souffle chaud vient me caresser le visage. Le dragon apparaît juste devant moi.

— Non, je t'attendais.

Alors que je monte sur son dos, la princesse m'enserre. Elle gonfle les joues et observe la sorcière.

— Hou là là.

Cette dernière hausse les épaules de façon exagérée, et affiche une expression joyeuse.

— Il a réussi, affirme le dragon.

— Mais il a été sauvé par la princesse, répond la sorcière.

— C'est lui qui l'a élevée.

— Il semblerait…

— De quoi est-ce que vous parlez ? demande la princesse, toujours agrippée à mon bras.

— Du fait que vous avez le plus grand des chevaliers à vos côtés, princesse Lala.

— Oui, je sais !

Eh bah, voilà une réponse qui fait plaisir.

— Hé, une seconde. Est-ce que je suis le seul qui ne comprenne pas ? dis-je.

Le dragon n'ajoute rien de plus et se contente de souffler du nez.

C'est la fin

Le château est retourné aux mains de son héritière légitime.

— Le moment est venu.

— Marraine la fée ! s'exclame la princesse.

— Je suis ravi de vous revoir, Nymphe de l'Aurore.

Elle apparaît à l'aube, comme le veut son nom. C'est toujours ainsi avec elle. Elle est plus petite que lors de notre rencontre, mais elle a bien grandi depuis la fois dernière. Cette fois-ci, même après avoir rétabli la salle d'audience détruite, son apparence n'a pas beaucoup changé.

— C'est bien plus facile que de dresser une barrière protectrice, explique-t-elle.

D'une caresse de son doigt, elle répare mon épée brisée.

— Merci…

À partir d'aujourd'hui, ce pays ne se débarrassera plus des faibles. Les taxes serviront à restaurer les maisons incendiées et à reconstruire les ponts écroulés. Même si l'on est tenté de dire que tout est redevenu comme avant, il faudra en fait bien longtemps avant que ce soit réellement le cas. En rappelant les vassaux et les suivants dispersés à travers le royaume, le château retrouvera son animation d'antan, tel un arbuste qui naît d'un arbre calciné. La princesse héritera de la couronne et deviendra la nouvelle reine. Mais avant ça, ayant accompli notre mission, le dragon et moi-même quitterons la scène. Un homme uni à un dragon ne peut demeurer au même endroit. Et inutile de dire qu'il en va de même pour le dragon. Sa puissance excessive causerait des tensions.

— Ne pars pas, Gideon. Je veux rester avec vous, Vénérable.

Au bord des larmes, la princesse nous enserre tour à tour.

— Je veux rentrer à la maison dans la forêt.

— Ne soyez pas triste. C'est ici, votre demeure, non ?

J'entends alors de faibles chuchotements. Des voix délicates qui donnent envie de baisser la tête à leur écoute.

— Hé, qu'est-ce que c'est que ça ?

Je regarde autour de moi, mais ne vois rien.

— Ce sont les petites personnes. Elles nous ont suivis depuis la forêt, explique le dragon avec un air satisfait.

— Moi ?

— Non, la princesse.

— D'accord... Elles sont venues ici...

— Où sont-elles ?

— Tu ne les verras pas si tu les cherches, répond la princesse.

La princesse sourit tout en pleurant. Ses taches de rousseur affleurent sur ses joues rosies tels des œufs d'alouette.

Haaa… Je suis sûr que le simple fait de me rappeler de ce visage m'empêchera d'être frigorifié pour le reste de ma vie. Je pourrai endurer n'importe quelle nuit sombre et froide jusqu'au matin.

— Nous reviendrons pour le jour le plus heureux de votre vie. Et nous apporterons le plus beau bouquet au monde.

— Vous le promettez ? Gideon ? Vénérable ?

— Oui, princesse.

— En effet, mademoiselle.

J'enfourche mon cheval jaune et galope, suivi aussitôt du dragon.

— On fait la course ?

— Je relève le défi, mon ami.

Il bat des ailes et s'élance vers un ciel bleu sans le moindre nuage.

— Hé ! C'est contre les règles de voler !

— Ah, comme c'est immature, relève une voix féminine.

Derrière moi, je sens une grosseur ronde se presser contre mon dos.

— Ouah ! Quand est-ce que tu es arrivée là ?!

— Maintenant que vous avez fini de faire les nounous, vous ne voulez pas vous amuser un peu, vieil homme ?

La sorcière est délicatement assise à l'arrière de ma selle. De plus, elle arbore son apparence d'adulte séduisante. Sur son épaule se trouve une minuscule araignée irisée.

— Non, le vieil homme a encore à faire.

— Hum, ce n'est pas la réaction que j'espérais… Est-ce que vous préférez cette apparence ?

— Je n'ai jamais dit que je voulais que tu rétrécisses ! Ah ! Ne te colle pas à moi comme ça !

— Oh, non. On est sur un cheval au galop, je pourrais tomber, me titille-t-elle.

— Grumbl…

Un chevalier ne peut s'opposer à une jeune fille, c'est ainsi.

— Au fait, où allez-vous ?

— Bonne question… Pour le moment, à la lisière du royaume.

— À la lisière ?

Je vais utiliser la fin du Seigneur Ambition pour faire savoir aux voleurs et aux oppresseurs quelle récompense les attend.

— Il faut du temps avant que le changement au centre ne se répande jusqu'aux extrémités.

Je devrais pouvoir raccourcir un peu le processus.

— Pour la princesse ?

— Oui, pour la princesse.

La sorcière fronce les sourcils et pousse un soupir.

— Haa… Il me surprendra toujours, ce vieil homme.

Tout au-dessus de nous, je sens le dragon rire doucement.

※

Je n'oublierai pas.

Le poids de la couronne dont j'hérite.

Que chaque vie perdue avait un nom et un visage.

La raison pour laquelle il n'y a quasiment plus de fille de mon âge dans ce pays. Non, je n'oublierai pas.

Peu importe que ce soit courant et que ça se répète encore et encore depuis toujours. Peu importe à quel point les gens pourront s'en moquer en disant que ça arrive sans cesse. On ne peut pas accepter ce qui est mal ! J'ai le pouvoir de l'arrêter, alors je ferai en sorte que ce soit le cas.

Je suis la princesse et c'est mon royaume.

※

— Comment dire...

La sorcière hausse les épaules. Elle ne porte plus sa cape qu'elle avait constamment durant le voyage.

L'araignée sur son épaule sait probablement où elle a disparu.

— Après un tel départ en fanfare, vous voilà de retour ici ?

— J'ai fait plein d'autres choses, entre-temps.

— Oui, oui, c'est vrai.

Au cours de mon trajet, je me suis attardé sur tous les vols, les extorsions, les enlèvements qui gangrenaient le pays. J'ai écrasé absolument tous les souvenirs laissés par le Seigneur Ambition. Finalement, près d'un mois s'est écoulé avant que je revienne à notre Forêt Noire. Le dragon est déjà rentré à son ancien antre depuis longtemps. Il m'a juste aidé à travers nos cœurs connectés. J'aimerais affirmer que j'ai pu régler les incartades humaines à moi seul... mais je dois reconnaître que la sorcière m'a un peu aidé.

— C'est ici...

— Oui, c'est là.

Je descends de mon cheval et avance avec prudence. Il ne reste plus une trace des corps des fillettes, déjà complètement engloutis par la terre et les herbes de la forêt. Nous sommes dans la Forêt Noire, après tout. D'autant que c'est l'été, la saison où vivent ardemment les plantes, les oiseaux, les insectes, les bêtes et toutes les créatures.

— Ça vous a préoccupé tout ce temps ? me demande-t-elle.

— En quelque sorte.

— Hum ?

Pas convaincue, la sorcière lève un sourcil.

— Disons qu'il y en a une avec qui j'avais des liens.

— Menteur...

— Tu as dit quelque chose ?

— Oh. Non, rien.

Dans les ténèbres de la forêt, est-ce que le retrouver est un hasard ou bien le destin ?

Sur la branche d’un jeune arbre qui m’arrive au genou flotte un ruban. Sa couleur s’est estompée et il est effiloché. Cette vérité m’assaille une nouvelle fois. J’ai laissé la mort de sa propriétaire de côté pendant tout ce temps.

Des particules de lumière turquoise voltigent entre les brins d’herbe. Depuis quand sont-elles là ? Depuis que nous sommes arrivés ou bien avant ? Je l’ignore.

— Effectivement… Il ne s’agit pas de simples lucioles.

Le visage du dragon surgit des fourrés.

— Salut, partenaire.

— Heureux de te revoir, Gideon.

Je m’approche et lui touche le museau. Ça faisait longtemps que je n’avais plus ressenti ça.

— Tu as apporté tout ce dont on a parlé ?

— Ouais, je n’ai rien oublié.

Je brandis une lanterne. C’est une boite en verre rectangulaire avec une poignée et un cadre en fer. J’ai demandé à l’aubergiste d’AtteGrüne d’allumer la bougie à l’intérieur.

Le mari et la femme avaient déjà pressenti le décès de leur fille.

« Pourquoi elle ? Parce qu’elle est née dans ce pays ? Elle n’avait que sept ans… »

« Pourquoi l’avoir abandonnée dans la forêt ? Elle était si près de la maison… »

Leurs voix étaient aussi frêles et rêches que des feuilles mortes.

Cette flamme a été allumée dans une maison familière. C’est une lumière que ces enfants n’ont pas pu rejoindre. J’ouvre le couvercle de la lanterne et l’approche du museau du dragon.

— À toi de jouer, partenaire.

— Compris.

Il pince ses lèvres et souffle doucement, faiblement. Son soupir se mêle à la flamme de la lanterne. Je referme le couvercle et un tourbillon orange se manifeste.

— Maintenant, c'est à toi.

— Oui.

Je lève la lanterne et l'agite lentement autour de moi. Les lumières turquoise s'approchent en flottant. Une première me frôle la joue… c'est froid.

— Mais ! Qu'est-ce que vous faites ?! s'exclame la sorcière.

— Ne t'inquiète pas, je sais ce que je fais…

Elles s'avancent l'une après l'autre et je me retrouve entouré avant même de m'en rendre compte. L'atmosphère autour de moi est aussi glaciale qu'en plein hiver. Mon souffle est blanc.

— Pas du tout ! Il y a du givre sur votre visage !

Maintenant qu'elle le dit, c'est vrai que mes sourcils sont lourds.

— Allez… il est temps de rentrer.

J'avance en brandissant la lanterne. L'herbe gelée crisse sous mes pieds et colle à mes chaussures. Ma barbe, mes cheveux, mes habits sont également couverts de givre. Quand j'arrive finalement à la sortie de la forêt, je ressemble à un bonhomme en pain d'épices recouvert de sucre.

— Allez, les enfants, rentrez chez vous.

Je balance mon bras de droite à gauche, puis la glace qui était sur mes vêtements s'effrite et tombe. Les lumières turquoise qui me suivaient se dispersent.

— La route est sombre de nuit. Prenez cette lumière avec vous.

J'ouvre le couvercle de la lanterne et souffle doucement. Le souffle du dragon qui tourbillonne à l'intérieur jaillit et les enveloppe. Emmitouflés dans ce chaleureux cocon de lumière orange… les feux follets disparaissent. Ils vont rejoindre leurs maisons tranquilles et endormies sous le ciel nocturne.

— Dormez bien…

Je reste là, à la frontière entre la forêt et le village, jusqu'à voir le dernier s'évanouir…

— Vous vouliez tant que ça vous la jouer classe, imbécile ?!

Je ressens un choc à l'arrière de mes genoux, et je m'effondre aussitôt. Les morceaux de glace se décollent tous.

— Vous avez des stalactites qui pendent du menton et vous leur souhaitez « bonne nuit » ?! Sale tête de mule ! Demeuré ! Fanfaron ! Vieil inconscient !

Je trouve qu'elle exagère un brin.

— Si vous restez auprès de tant d'esprits pendant si longtemps, qu'est-ce qu'il va se passer, à votre avis ?! C'est un miracle que vous soyez encore en vie ! Une chance incroyable ! Vous avez presque fini congelé en plein été ! Vous réalisez ?

— Oui, je reconnais que j'ai un peu froid.

— Un peu ?!

Elle m'attrape par le col et me soulève. Elle a une force terrible sous sa forme d'adulte.

— Et toi aussi ! Comment tu as pu le laisser faire sans rien rétorquer, Spike ?

— Vous pensez qu'il m'aurait écouté ?

— Dire que vous êtes si blême... si glacé... Vous, alors...

Je sens contre moi quelque chose de chaleureux et doux. Je tente de m'éloigner en réalisant de quoi il s'agit, mais je n'ai plus aucune force. Je n'arrive pas à m'esquiver. Le dragon pousse un long et profond soupir... et m'enveloppe d'un nuage de vapeur.

— Ah... c'est chaud...

Le sang circule à nouveau dans mes membres transis. J'en profite pour me relever et m'étirer tout le corps.

— Merci à tous les deux.

— Vous êtes vraiment deux inconscients.

La sorcière croise les bras et soupire en haussant les épaules.

— Des idiots irrécupérables.

※

Dans la profonde forêt où la lueur des étoiles projette de sombres ombres, un ruban décoloré entortillé autour d'un jeune arbre se défait et disparaît au vent. Ne restent alors que des particules de lumière, finissant également par se fondre parmi les branches…

FIN

Postface n° 1

Bonjour, entrez donc.

L'eau est justement en train de bouillir. Je vais vous servir un thé.

Vous trouvez qu'il a un parfum particulier ? En fait, il est un peu différent du thé noir, vert ou oolong que vous connaissez tous. Il est concocté avec des feuilles, des fleurs, et des fruits préalablement séchés. Celui fait avec une infusion d'orge dégage aussi un arôme et un goût exquis. Malheureusement, je n'ai ni café ni cacao. Mais peut-être en trouverons-nous dans la forêt… « La petite princesse et la forêt enchantée » a pour cadre un tel lieu.

Elle fait apparaître une jeune princesse, un dragon rouge et un chevalier noir. De même qu'un noble malfaisant ayant des vues sur le trône, une jolie damoiselle aux yeux bleus et aux cheveux blonds, ainsi qu'une sorcière manipulant des fils d'araignée argentés. Mais également une Nymphe parée de mauve, un grand cheval jaune, et des petits brownies qui s'agitent dans tous les sens.

Cependant, tout n'est pas que beauté et amusement.

L'hiver est froid et s'entailler la main fait très mal, et c'est encore plus douloureux de se faire frapper. Ce sont les forts qui l'emportent. Néanmoins, on peut envoyer paître cette règle en affirmant qu'on s'y refuse. On peut lever notre bouclier en s'exclamant qu'on ne l'accepte pas. C'est un endroit où vivent des gens qui se dressent face à l'adversité avec ce souhait. Et pas que des personnes, d'ailleurs.

Que ce soit dans les jeux, romans, mangas, films, animés, séries... vous trouverez sûrement des éléments dans lesquels « La petite princesse » puise ses racines.

En 2016, j'ai lu un livre qui s'intitulait « Le héros débarque au Pôle Emploi tenu par le roi-démon » (Maô no Shûshoku Assen ni Yûsha ga Yattekimashita). Je l'ai dévoré en un tournemain et, sur le bandeau entourant la quatrième de couverture, il était mentionné que l'éditeur recherchait de nouvelles œuvres... C'est ce qui a démarré ce projet. Ensuite, il s'est passé bien des choses, et nous en sommes là aujourd'hui grâce à Hakkô Shuppan. Ce livre a pu voir le jour grâce aux auteurs Tomoyuki Fujinami et Ryô Sasaki, ainsi qu'à Holic, l'héroïne du roman. Je les remercie chaleureusement.

Il est désormais temps de vous donner quelques explications sur l'œuvre. Il n'y aura aucun spoiler, donc ceux qui commenceraient par la postface peuvent poursuivre sans crainte.

Reverfeat, le nom du royaume, est une anagramme d'« ever after ». Je pensais entamer l'histoire par « Il était une fois » et terminer par « Ils vécurent heureux pour toujours », soit « ever after » en anglais. Mais finalement, je n'ai utilisé aucun des deux. Je me demande pourquoi.

Les contes de fées sont assez impitoyables. On coupe des mains et des têtes d'un coup aussi simplement que si on taillait des poupées en papier. De plus, personne ne s'en préoccupe dans la suite du récit. Après avoir beaucoup tâtonné pour retranscrire cette ambiance, je ne pouvais vraiment pas conclure par un « tout est bien qui finit bien ».

Sans doute parce qu'un des protagonistes est un homme mûr. J'aime beaucoup ce genre de personnes.

Ils ont connu bon nombre d'expériences douloureuses et sont bien plus secs et calmes que dans leurs jeunes années. Néanmoins, ils demeurent néophytes sur certains plans. Des quadragénaires qui n'ont pas encore atteint l'éveil et qui se refusent à abandonner ou qui sont parvenus au summum de leur puissance et se comportent de façon hasardeuse. C'est pour cela que la confrontation dans la salle du trône a opposé deux hommes matures.

J'aime aussi particulièrement les kaijû. Comme j'avais un dragon parmi les protagonistes, je voulais faire un superbe combat aérien... du coup, j'ai détricoté l'intrigue après l'avoir écrite entièrement pour pouvoir l'intégrer. Je suis contente de l'avoir fait. C'était beaucoup de travail, mais ça n'en était que plus amusant.

C'est après ce climax explosif et cette fin discrète que je me suis intéressée au titre. Il n'y avait pas du tout la présence des mots « petite princesse » au départ. Il sont apparus dans les mails que j'échangeais avec mon éditeur, et c'est là que je me suis dit : c'est ça ! Et voilà comment ce titre est né. Je dois bien dire que la façon dont le terme revenait constamment dans le planning était exaltante.

Pour finir, d'où l'œuvre tire-t-elle son origine ?

L'idée s'est construite à l'une des plus grandes conventions de jeux du Japon, la Japan Game Convention de 2016. Je suis également très heureuse d'avoir eu M. Takashi Konno, l'auteur de « Novice Novice Table talk Role Playing Game », le point d'inspiration de cette œuvre, pour faire les illustrations. En voyant les portraits de la princesse, du dragon et du chevalier, je me suis exclamée gaiement que j'étais étonnée de découvrir enfin à quoi ils ressemblaient, ou de me rappeler que c'était ainsi que je les avais décrits. En fait, en tant qu'écrivaine, voir ses phrases être représentées en dessin, c'est une joie à défaillir.

Ah, on dirait qu'il n'y a bientôt plus de thé.

Alors, je tiens à vous remercier une nouvelle fois d'avoir acheté ce livre. Je serai ravie si vous avez pris du plaisir en tournant ses pages. Je prie pour que nous puissions nous revoir un jour...

<u>**Tsubaki Tokino**</u>

Entraînement à la bagarre

Il était une fois une petite princesse, un dragon rouge, et un chevalier bourru qui vivaient dans les bois.

Voici une histoire qui s'est passée peu de temps après l'arrivée de Lala Lilia dans la forêt.

※

— Une seconde, princesse, vous pouvez répéter ?

Sa voix est éraillée. L'homme d'un âge avancé n'en croit pas ses oreilles ! Devant lui, la fillette aux cheveux roux cligne des yeux et incline la tête comme un oisillon.

— Je voulais te demander quelque chose, Gideon.

Bon sang, je suis complètement largué avec cette princesse. À quel point peut-elle me surprendre ?

— Après ça...

— Tu pourrais m'apprendre à me battre ?

Son sourire est dépourvu de toute incertitude.

— Sérieusement ?

— Oui…

Oh, elle commence à grommeler en croisant les bras. Voilà, réfléchissez-y, et tâchez d'oublier cette pensée. Le soleil du début d'été est éblouissant, et les prairies vertes sont douces. Le ruisseau qui coule entre les arbres chantonne, et des fleurs bleues éclosent ici et là. C'est une journée vraiment agréable. Alors, laissez tomber cette idée de se battre, princesse !

— Je reviens sur ce que j'ai dit.

Bien.

— Apprends-moi à gagner une bagarre !

C'est pire. Ses yeux du vert des jeunes feuilles étincellent, et elle respire avec force. À tel point que les cheveux qui lui pendent sur le visage se balancent. Ses joues roses s'empourprent, ce qui fait ressortir ses taches de rousseur comme des œufs d'alouettes. Elle est particulièrement motivée.

Même si elle ne semble pas du tout prêter attention à ce que je pense…

Mais c'est une bonne idée de savoir comment obtenir la victoire. Ça me plaît. Cette force de caractère et cet allant sont essentiels pour une princesse vivant dans la forêt avec pour compagnons un homme et un dragon, sans château ni soldats. Heureusement, le dragon et sa grande bouche ne sont pas là.

Il lui arrive d'agir de son côté.

— Bon, pourquoi pas.

— Merci.

Lala Lilia se redresse et s'incline. Avec ses mouvements pleins d'énergie, ça ressemble plus à un salut militaire qu'à la révérence d'une aristocrate. Mais il faut dire qu'elle n'a que deux vauriens comme modèles.

※

Il y a une prairie près du ruisseau coulant au fin fond de la forêt.

Là se trouve une petite princesse, ainsi qu'un quadragénaire au regard mauvais et mal rasé… moi.

— Bon, princesse. Le plus important dans une bagarre, c'est de frapper les points sensibles de son adversaire.

Lala Lilia m'observe avec grande attention. Elle tend l'oreille pour ne strictement rien rater de ce que je vais dire. C'est bien, c'est une élève assidue.

— Point sensible ?

— Oui, un endroit qui fait très mal quand on l'attaque.

— Oh !

Mince, je lui ai appris un mot dangereux. Je vois d'ici le visage renfrogné du dragon.

Mais ça lui servira.

J'écarte cette pensée dans un coin de ma tête.

— Alors, princesse, vous devez d'abord connaître vos aptitudes et vos handicaps. Savoir ce dont vous êtes capable ou pas.

— Est-ce que c'est utile de savoir ce qu'on ne peut pas faire ?

Oh, elle trouve déjà à y redire.

— Très bonne question. Lorsqu'on le sait, on comprend comment l'ennemi nous voit.

— Comme cet homme bleu… ?

— Oui, tout à fait.

La princesse affiche son mécontentement et serre les poings si fermement que ses doigts deviennent blancs. Elle trépigne, avec toute sa force de fillette… Ah, c'est donc ça la raison.

— Apprends-moi, Gideon. Qu'est-ce que je sais faire ou non ?

— D'accord. Tout d'abord, vous êtes petite.

Elle se penche et approche son visage. Ses pupilles sont d'un vert clair. Elle me regarde droit dans les yeux, sans ciller. Est-ce une preuve de son courage ou de sa confiance en moi ?

— Vos yeux, votre nez, vos oreilles et votre cou sont difficiles à atteindre.

— Et ce sont des points sensibles, c'est ça ?

— Oui, ça fait très mal.

Elle comprend vite et cogite beaucoup. C'est une excellente élève.

— Mais moi non plus, je ne peux pas les atteindre, me fait-elle remarquer.

— C'est vrai. Mais c'est en réalité un avantage.

— Comment ça ?

Oh, elle se penche encore davantage. Elle est véritablement captivée.

— Allez, dis-moi, Gideon !

Elle saute et s'accroche à mon torse ! Elle s'agrippe à ma chemise et me serre le cou. J'étouffe. Toutefois, je ne peux absolument pas m'en défaire ! La princesse me monte dessus alors que je suis écroulé au sol.

— Dis-moi !

— Oui, oui, d'accord.

Elle appuie ses genoux en plein sur mes côtes. Un point sensible.

— J'apprécierais que vous descendiez rapidement.

— Ah…

Enfin libéré, je prends une profonde inspiration. Ma gorge émet un râle et un sifflement.

— Pardon, Gideon.

La princesse me dévisage. Ses yeux sont bas et ses sourcils rapprochés. Ses petits doigts me touchent la joue. Ils sont chauds.

— Pardon. Est-ce que ça va ?

Je lève une main et l'agite. Ne vous inquiétez pas, princesse, je peux bouger. Mais je ne sais pas si je peux en rire.

— Ça va, pas de problème.

※

— Bien, princesse. Il y a aussi des points sensibles dans le bas du corps.

Je m'assois dans l'herbe et je reprends.

— Quelqu'un de petit en est encore plus proche… Autrement dit…

— Autrement dit ?

— Vos bras et vos jambes en sont bien plus près que les yeux de l'ennemi.

— Oooh !

Elle respire bruyamment et serre les poings.

— Par exemple, ici.

Je pointe le sommet de mon pied. La princesse observe longuement le sien et le frappe avec sa petite main.

— Il faut le piétiner de toutes vos forces.

— Je peux y aller à fond !

— Oui, inutile de vous retenir. Mettez tout votre poids dans votre pied et abattez-le très fort pour que l'ennemi recule à cause de la douleur ! Comme ça, vous parviendrez à vous échapper, même s'il vous tient.

— D'accord !

Parfait, ça se présente bien. Honnêtement, je ne suis pas à l'aise avec les enfants. Je ne sais pas de quoi parler, seul face à une fillette. Mais on dirait que les choses vont bon train, finalement.

— Alors, on va essayer pour de vrai…

Ragaillardi, je me relève, puis…

— Hum !

J'entends quelqu'un se racler la gorge derrière moi. Un grondement profond, et un souffle chaud et humide m'effleure les cheveux.

— Oh.

Je me retourne fébrilement… et je le vois. Avec ses écailles rouges brillant au soleil, sa longue queue et ses yeux dorés, le dragon me tance. Ses narines frémissent et il expire une mince fumerolle. Cette fois-ci, elle me caresse le visage directement.

— Euh…

À côté de moi, la princesse sourit de bon cœur. Elle court en ligne droite et saute sur lui.

— Vénérable !

— Bonjour, princesse.

Le dragon ronronne et tend doucement ses pattes avant pour l'attraper.

— Rentrez déjà avec Marguerite. J'ai une chose à faire, lui indique le dragon.

— D'accord. Viens, Marguerite.

— Beeeeeh !

Elle s'en va bien gentiment avec la chèvre. Pour ma part, je ne peux rien faire d'autre qu'agiter la main en souriant et la regarder partir. Après que la petite princesse et la chèvre brune se sont éloignées, le dragon murmure.

— Il faut qu'on discute, chevalier.

— D'accord...

※

Peu après.

— Satané lézard.

— Chevalier primitif...

— Pardon ?!

Revenue après avoir senti que quelque chose n'allait pas, la princesse se précipite.

— Arrêtez !

Entre le chevalier et le dragon qui se dévisagent avec des étincelles dans les yeux.

— C'est pas bien de se battre.

— C'est vrai...

— Vous avez raison, princesse.

Tout est bien qui finit bien.

FIN

Création des persos

C'est une abréviation qu'on utilise notamment dans les JDR lorsqu'on va créer son avatar. De fait, j'aimerais entrer dans les détails fastidieux de comment sont nés les protagonistes apparaissant dans « La petite princesse et la forêt enchantée », et comment ils en sont arrivés à leur forme actuelle.

Merci de m'accompagner un moment.

Lala Lilia

La première est l'héroïne de cette œuvre, la princesse Lala Lilia.

Les lecteurs en ont eu une bonne impression et l'ont qualifiée de forte ou d'adorable. Elle est la force motrice de l'histoire, celle qui pousse le chevalier et le dragon à agir, ainsi que la première narratrice.

En relisant mon carnet d'idées, au départ je lui avais donné huit ans. De plus, je l'avais décrite comme « une fille au large front, aux cheveux noirs noués en tresses et qui ne sourit que rarement ». C'est qui, au juste ?

En peaufinant le récit, je l'ai rajeunie à sept, puis six ans, et j'ai grandement modifié son apparence et son caractère. Toutefois, sa détermination est toujours restée la même.

Son nom devait être facile à prononcer. J'ai donc enchaîné les syllabes en L et choisi celui qui me plaisait le plus. Je l'ai fait terminer par un A pour que ça donne une impression d'ouverture.

Dès le premier acte, son royaume s'effondre, elle doit s'enfuir sous la pluie et se retrouve à vivre dans la forêt avec un dragon et un vieux chevalier. Un destin difficile l'attend. Alors, je voulais qu'elle agisse de manière vive, qu'elle saute, coure, trépigne. Voilà pourquoi je lui ai donné un caractère positif plein d'énergie. Il lui fallait juste un soupçon de malice. Elle exprime clairement ses émotions, ceci pour bien la différencier de sa cousine, Damoiselle Megan.

Ensuite, j'ai réfléchi à ses faiblesses. Bien sûr, elle est petite, pas très forte, ses parents lui manquent, tout comme son ancien quotidien, et elle a des connaissances limitées. Ayant grandi au château, elle n'a jamais fait l'expérience de vivre au-dehors. C'est une jeune fille qui a grandi entourée d'adultes, et a reçu l'éducation d'une princesse. Elle peut donc agir comme telle, cependant elle reste une fillette, et réfléchit en enfant quand elle est toute seule. Lorsque la narration se fait de son point de vue, j'ai grossièrement réduit les mots compliqués. Je savais pertinemment que cela demanderait pas mal de temps à la relecture. Je suis ravie que les gens s'en soient aperçus.

Le fait qu'elle soit jeune est un handicap, mais également un atout, car les enfants grandissent. Durant l'œuvre, la princesse évolue avec le temps qui passe. Ce dont elle n'était pas capable au début, elle le devient dans la seconde moitié du récit grâce à ce qu'elle a appris avec ses deux acolytes.

Une fois sa personnalité et son nom fixés vient son apparence. Dans le monde des contes, il y a beaucoup de pays fictifs, néanmoins, j'ai décidé de prendre modèle sur une région d'Europe. J'ai choisi un endroit familier. C'est pourquoi Reverfeat se base sur la Scandinavie, et plus précisément le Danemark. Je n'y ai vécu que huit mois, mais j'en connais le climat, la géographie, la taille des arbres, l'odeur de la terre et la sensation du vent. J'en avais déjà fait l'expérience d'où ma facilité à le décrire. Une fois le lieu décidé, il fallait s'attarder sur les gens qui l'habitent. C'est là que j'ai opté pour des « cheveux roux onduleux et des yeux du vert des jeunes feuilles ». Et les taches de rousseur... c'est une de mes lubies, j'adore ça ! L'illustration de M. Konno les représentait parfaitement, avec en plus un sourire tel que les canines de Lala Lilia étaient bien étincelantes. En un mot, elle est adorable.

Je digresse, mais c'est une princesse qui court dès qu'elle peut, qui bondit et qui a l'œil brillant de curiosité. À cavaler et sauter partout comme ça, je m'inquiétais que l'on puisse voir sous sa jupe, mais ça a aussi été réglé admirablement par les illustrations. Ainsi, le vénérable dragon pourra être tranquille.

Spike Scale

Le deuxième personnage est le sage dragon, Spike Scale.

Son nom signifie « écailles pointues ». Il peut cracher des flammes grâce au feu primordial qui brûle en lui. Or, contrairement à son apparence et à ses capacités, c'est en réalité un intellectuel et un gentleman.

Ses écailles sont d'un rouge rubis. Pourquoi cela ?

Comme c'est un érudit posé, bleu aurait également fait l'affaire, non ?

En fait, la raison vient là encore d'une de mes lubies. Connaissez-vous le JDR Donjons et Dragons ? L'image sur la boîte est terriblement violente. Face à un chevalier brandissant son écu et son épée se trouve un dragon rouge avec la gueule grande ouverte. Cette image m'a fait forte impression et demeure pour moi l'archétype du dragon.

En concevant ce personnage, j'ai aussi posé les caractéristiques de l'espèce des dragons dans ce monde. Comme ce sont les créatures les plus connues de la fantasy, on peut y piocher de nombreux éléments. J'en ai sélectionné quelques-unes, puis resserrée mon choix… tout en laissant quelques éléments dans le vague.

D'abord, leur place en tant qu'espèce.

J'ai évité de les définir strictement comme bons ou mauvais. Ils ne sont pas tous hostiles ou bienveillants. Tout comme il y a de bonnes ou de mauvaises personnes, il y a de bons ou de mauvais dragons. Certains sont colériques et bagarreurs, tandis que d'autres sont intelligents. Néanmoins, ils demeurent les ennemis naturels des chevaliers. Lorsque les deux se rencontrent, ils n'ont pas d'autre choix que de s'affronter. C'est une des lois des contes de fées.

Leur corps héberge une flamme et leur température demeure élevée. Lorsqu'ils sont sur leurs gardes, une lueur rouge parcourt leur corps, et leurs écailles deviennent acérées, à la manière dont se dresse le poil des animaux.

À l'origine, elles n'étaient pas comme ça. Je voulais qu'elles soient acérées en toute circonstance. Mais en faisant ça, elles blesseraient la peau tendre de la princesse. Ils ne pourraient pas s'approcher ou s'enlacer. C'est là que j'ai choisi de les hérisser uniquement en situation hostile, tandis qu'elles seraient rondes en temps normal.

Comme il devait vivre avec des humains, il ne devait pas être trop grand, non plus.

« Il ferme un œil et souffle du nez. » « Ses pupilles sont à la verticale et peuvent se dilater. » « Il courbe sa tête pour nous toiser. » En fait, ses expressions sont calquées sur mon chat.

Une fois ceci figé dans le marbre, j'ai songé naturellement à leur rencontre dans les bois. Dans la sombre forêt, la pluie froide se change en vapeur blanche au contact de son corps. Le chevalier a son épée en main. Mais la première chose que découvre la princesse, c'est sa chaleur.

Il y a une raison qui explique sa gentillesse envers elle. Le dragon a lui aussi une certaine expérience, une philosophie et des principes qui régissent sa vie. S'il est d'abord hostile face à Gideon, il va s'apaiser pour faire équipe avec lui quand la situation l'exige. Par conséquent, j'ai estimé que ses jeunes années de fougue étaient derrière lui, et qu'il approchait déjà de la moitié de sa vie. Oui, le dragon est lui aussi un vieux.

Sa manière de parler est courtoise et polie. Il se montre gentil envers la princesse, et un peu plus sec avec le chevalier. S'ils se disputent, ils vont aussi collaborer dans un but commun. Je souhaitais dépeindre une relation entre un dragon et des humains.

En réfléchissant à son origine, ce qui me vient en tête est d'abord ce vieux dragon interprété par Sean Connery dans « Cœur de Dragon ». En creusant un peu plus, on arrive au roman de SF « Le Monstre et l'Enfant » écrit par Dean R. Koontz. La couverture japonaise était impressionnante. L'alien reptilien et le garçon qui avancent l'un et l'autre sur la montagne enneigée. Il y a des situations bien plus complexes dans ce titre, mais c'est de là que j'ai tiré cette image d'un être draconique protégeant un jeune enfant.

Je digresse, mais l'autre jour, le fer à repasser que j'utilisais depuis vingt ans a cessé de fonctionner, et j'en ai acheté un nouveau. C'est un fer rouge qui projette de la vapeur.

Siegfried, Le Seigneur Ambition

Le troisième personnage est Siegfried, le Seigneur Ambition.

C'est un vieil aristocrate que les lecteurs nomment affectueusement « Sieg » ou « le barbu qui veut épouser une fillette ». Il a la quarantaine, son premier mariage a fait de lui un noble, son second lui a permis d'intégrer la famille royale, et il planifie de devenir roi avec son troisième. Il est également père d'une fille.

Bien qu'il soit un vilain, je lui ai donné un nom de héros.

Son concept d'origine est un méchant facile à comprendre. Il est comme ces vilains seigneurs dans les séries historiques qui se laissent guider par leurs désirs. Il n'utilise pas sa fille comme un pion, mais agit constamment selon ses envies. Il a pour rôle d'accomplir les choses les plus viles, d'être accablé pour ses mauvaises actions, et de donner un sentiment rafraîchissant lorsqu'il quitte la scène.

Dès qu'il le peut, il hurle qu'il va épouser la princesse Lala Lilia. Cela le rend complètement ridicule. Il a beau avoir le pouvoir, il ne parvient pas à gouverner le royaume et la population. De toute façon, ce n'est pas dans ses intentions !

Il est devenu membre de la famille royale avec comme objectif unique d'obtenir la couronne une fois qu'il se sera marié à l'héritière du trône. C'est en fait assez banal. Cela étant, du point de vue du peuple, le voir chercher avec frénésie une fillette de sept ans pour pouvoir l'épouser… il y a de quoi le qualifier de « pervers de compétition ».

« Je deviendrai roi ! → Seule la bienheureuse famille royale peut prétendre au trône → Dans ce cas, je tuerai le couple royal, et j'épouserai la princesse ! »

Pourquoi diable a-t-il fait de pareils détours ?

Lorsque le Seigneur Ambition a intégré la famille royale avec son second mariage, le couple royal n'avait pas encore d'héritier. En épousant la cousine du roi et en devenant son mari, il était dans une position extrêmement proche du trône… jusqu'à ce que vienne au monde la princesse Lala Lilia. À sa naissance, tout a changé. Il assassine sa femme et commence à planifier une rébellion. Il finit par mettre son projet à exécution peu avant le commencement de cette histoire.

Du début à la fin, son intention est clairement définie. Il n'a jamais hésité un seul instant. En fait, c'est même son unique obsession. Et afin d'accomplir ses ambitions, il ne recule devant rien, ce qui entraîne ses actions tyranniques.

S'il ne dévie jamais de son objectif, c'est précisément parce qu'il a été créé comme un personnage qui vise la princesse. Je voulais écrire l'histoire d'une princesse d'un pays en ruine protégée par un chevalier et un dragon. Alors, de quoi devaient-ils la défendre ? Il fallait l'existence d'un personnage qui cherche à la capturer. Et quelle serait sa raison ? Son motif ?

C'est ainsi qu'est né cet aristocrate rebelle qui répète à longueur de temps qu'il désire épouser la princesse. Un homme qui prend une décision politique logique qui est pourtant vu comme quelqu'un souhaitant se marier à une fillette dont il pourrait être le père. C'est encore plus vicieux qu'un ennemi qui en voudrait à sa vie.

Le vieux chevalier et le dragon seront tentés de crier qu'on ne s'approche pas de leur princesse !

En fait, le Seigneur Siegfried n'a pas de nom de famille. Il en va de même pour les autres personnages. Lala Lilia n'est qu'un prénom composé, le « Thorn » de Gideon n'est qu'un surnom, et comme je l'ai expliqué, Spike Scale signifie « écailles acérées ». Aucun d'eux n'a de nom de famille. Tout comme Blanche-Neige, la belle au bois dormant, le petit chaperon rouge ou encore le roi grenouille.

Deuxième révélation. Bien que le caractère, le comportement, le ton, les motivations, et le nom soient déjà décidés, son apparence détaillée n'a été définie qu'à la toute fin. Oui, alors même que je décrivais ses expressions et ses attitudes... À dire vrai, je ne l'ai imaginé qu'au moment des discussions concernant les illustrations.

« À quoi ressemble le Seigneur Ambition ? »

« Euh... il a une barbe. »

« Une barbe ? »

Non ! On n'arrivera pas à distinguer ces deux vieux barbus ! Alors, j'ai rapidement brodé.

« Le Seigneur Ambition a une barbe bien entretenue, alors que celle du vieux chevalier est négligée. »

Et vous avez vu le résultat. Nos messages ont été suivis d'une description très précise se basant sur les personnages de comics. Lorsque les esquisses ont été publiées, certaines personnes l'ont remarqué au premier coup d'œil. Logique.

Damoiselle Megan

Qu'il s'agisse d'un vilain, d'un gentil, ou d'un personnage secondaire, je veux toujours donner un sens à ses pensées ou sa façon d'agir. Elles ont beau sembler tordues, ses motivations sont très directes à ses yeux.

J'avais décidé que l'un des méchants serait une jolie fille. Des cheveux blonds lisses, un teint de porcelaine, des yeux bleus insondables... Elle possède une beauté telle qu'elle aurait pu être façonnée par les mains d'un sculpteur chevronné. Elle-même en a bien conscience. C'est une fille aussi belle qu'une poupée et sans le moindre petit défaut. Cependant, son cœur est vide et glacé. Elle porte une robe bleue cousue de perles avec quantité de volants et dentelles. C'est un vêtement fabriqué avec un niveau technique qui n'aurait pas existé à cette époque. Ça rentre dans le cadre de la partie légèrement indéfinie de cet univers. En outre,

Damoiselle Megan est née du premier mariage du Seigneur Ambition, et n'a donc aucun lien de sang avec sa deuxième mère. Afin d'être reconnue comme héritière légitime au trône, il faut qu'elle hérite du statut de son père.

Elle a tout juste dix ans. Je suis sûre que quand elle était plus jeune, elle devait s'asseoir sur un coussin en soie, tenant une poupée lui ressemblant comme deux gouttes d'eau. Peut-être que cette poupée a été faite main, ou qu'elle a été fabriquée par un artisan qui en a fait un objet des plus luxueux...

C'est une fille très sage, calme et intelligente. Que ce soit le grand miroir ou le saphir sans impureté, les possessions de Megan sont toutes austères. On compare son apparence à des matières inorganiques comme des bijoux, du métal, de la porcelaine ou du cristal. Il lui arrive aussi de rire ou de s'énerver, mais à un degré différent d'un être humain normal. Peut-être qu'elle appréhende les émotions à sa manière. C'est précisément parce qu'elle les comprend qu'elle peut les utiliser. Toutefois, elle ne chérit ni ne se soucie de personne d'autre qu'elle-même.

Son apparence et sa personnalité ont été décidées dès le début, et n'ont pas changé depuis. Contrairement à la princesse Lala, elle a une tonne de passe-temps.

Néanmoins, tout n'a pas été défini rapidement. En fait, c'est avec elle que j'ai eu le plus de difficulté à partir sur un nom. Est-ce que je donnais une consonance germanique comme son père, ou alors je prenais une base anglaise comme la princesse Lala et Gideon ? J'ai choisi plusieurs propositions, mais j'en écrivais de nouvelles, pour chaque fois finir par les effacer. Dans mon carnet d'idées, je n'ai pas arrêté de noter et de gommer des noms, si bien que le papier est maintenant complètement froissé. En le regardant bien, il semble que le premier qui me soit venu en tête était « Felicia ». Je voulais lui donner un nom d'héroïne. Entre-temps, j'ai songé à des prénoms germaniques comme « Anna » ou « Hannah », et finalement je me suis arrêtée sur « Megan ». Cela signifie « personne forte » et « perle ». Ainsi, il m'a paru naturel que des perles soient cousues sur ses vêtements. Pareil pour sa robe bleue présentant beaucoup de volants et dentelles. Ses mignonnes petites chaussures ont également de nombreuses perles. Quand elles s'entrechoquent, elles font un faible bruit de claquement. Oui, malgré leur apparence, les perles sont des accessoires très légers.

On pourrait dire que les personnes hors normes revêtent un éclat d'autant plus brillant qu'il est fugace.

Que ce soit Megan ou tous les autres méchants, aucun n'a de scène où il mange. Volontairement, je ne les ai pas dépeints mangeant comme des humains normaux. À l'opposé de la princesse Lala, du chevalier et du dragon que l'on sent vivants, et pour qui l'on ressent la chaleur et la réalité de leurs corps. À l'inverse, ces personnages dont je ne voulais pas montrer ces aspects n'ont aucune scène de repas. C'est une chose que j'ai apprise il y a bien longtemps dans les fictions historiques de Shôtarô Ikenami. Si l'on s'intéressait à ce que mange Megan... peut-être qu'il s'agirait de fleurs de violettes confites, de nectar ou de quelque chose dans ce goût-là. Elle le ferait sans même sourciller.

Son comportement a beau être constamment cruel, elle a une étonnante popularité chez les lecteurs. Ils voudraient voir une histoire où elle est sauvée...

Inez Mou

Les larmes d'une femme ont toujours un sens. Peu importe leur teinte.

Elle a la peau mate, des cheveux argentés, et un corps plantureux aux courbes séduisantes. Née à l'étranger et portant un nom à consonance étrangère, Inez Mou est une anti-héroïne très populaire auprès des lecteurs. Avec son sourire couleur corail, c'est une femme fatale qui se joue du vieux chevalier et du dragon courtois. À dire vrai, elle a une position à la Fujiko Mine. En fait, c'est à la suggestion de mon éditeur qu'elle a eu droit à plus d'apparitions. Et finalement, je pense que c'est une bonne chose.

Alors qu'elle était un peu plate, la scène avec les fillettes est devenue bien plus exaltante. Et j'ai aussi pu détailler davantage les raisons qui ont poussé la sorcière à penser et agir ainsi. En ajoutant des ténèbres, les zones lumineuses ressortent mieux.

C'est une « méchante » professionnelle qui accomplit un travail en échange d'une rétribution. Elle est énigmatique, dans un sens différent de Megan. Si elle s'oppose au chevalier, c'est parce qu'elle est engagée par le Seigneur Ambition. Elle met ses sentiments de côté, et accomplit la mission qui lui est demandée avant d'exiger la récompense qu'on lui a promise. Elle est intelligente et sait vite s'adapter. Le terme de « vilaine » lui va bien. C'est une sorcière qui utilise le pouvoir des ténèbres, pourtant elle connaît les concepts du bien et du mal. Elle privilégie simplement ses intérêts et ses désirs. C'est une jeune femme assurée qui se raille des autres sous prétexte que l'on pardonnera à une pauvre enfant.

Étonnamment, elle se prend d'intérêt pour Gideon et use et abuse de ses charmes pour s'en rapprocher. Or, la princesse demeure la première priorité du vieil homme. Au début, il reste ferme en prétextant qu'il a autre chose à faire ou qu'il a dix ans de trop, mais il s'adoucit peu à peu dans la seconde moitié du récit. C'est une chose qu'on ne remarque pas si on ne fait pas attention aux détails.

Tantôt innocente, tantôt séductrice. A-t-elle vraiment l'âge qu'elle semble avoir ? Et qui est-elle ? Ces questions trouvent réponse au fil de l'histoire.

J'ai décidé de son apparence et de son caractère immédiatement. Elle porte une robe noire à motif de toile d'araignée qui adhère parfaitement à son corps. Son côté sexy s'est encore accru dans les illustrations de M. Konno ! C'est une tenue exposant ouvertement ses épaules, sa poitrine et son dos en soulignant ses courbes. Et j'ai laissé échapper un soupir d'admiration en voyant le flottement de son col et son ourlet qui font vraiment méchante sorcière. Surtout, sa pose sur la première illustration couleur est magnifique.

Cette sorcière sexy a pour familier une énorme araignée. Elle figure dans les illustrations du livre, et y apparaît véritablement puissante. J'avais en tête une phrase de ces livres dont vous êtes le héros comme « Cette araignée géante n'est clairement pas amicale. Saisissez votre arme et allez à la page suivante ! ». J'étais prête à lancer les dés de JDR, alors que j'avais l'impression que ce monstre s'approchait véritablement de moi. C'est à la fois effrayant et terriblement excitant.

La sorcière elle-même manipule les fils d'araignée. Elle en a un contrôle absolu, tel un héros de comics. Ces fils argentés sont variables et ont toutes sortes d'usages. Elle peut restreindre les gens, s'en servir comme support, mais également tisser des choses... qu'elles soient physiques ou non.

Cette idée de tricoter et de lancer des fils magiques me vient du JDR Earthdawn. Et le fil d'araignée a un pouvoir qui stimule l'imagination. Cette polyvalence tire son origine de la tisserande Delivev qui apparaît dans le roman « Sorcerer's Son » de Phyllis Eisenstein. Néanmoins, l'araignée y est plus petite, et il y en a beaucoup.

Gideon Thorn

Un homme qui a appris à ne pas piétiner une fleur dont il ignore le nom. Un chevalier quadragénaire qui avance et persiste dans la boue sans jamais abandonner.

Le sixième et dernier personnage est celui sur le devant de la scène, le chevalier Gideon, qui taille tout ce qu'il touche. Il est surnommé « Gideon l'Épineux ». Bien qu'il soit un chevalier, il est tellement désinvolte qu'il se mêle facilement à la population.

Sa première apparition est du point de vue de la princesse. Notre première impression est donc celle d'un vieil homme effrayant et brusque avec des yeux bleu acier. Au fur et à mesure de l'histoire, ses yeux bleus s'adoucissent. Il n'est plus juste un homme effrayant, mais il est également attachant par certains côtés.

Et c'est un chevalier en qui on a une confiance absolue. Les changements de Gideon au cours de l'œuvre se superposent à ceux perçus par la princesse. Des cheveux parsemés de gris, une barbe broussailleuse, des rides creusant le contour de ses yeux, et des habits noirs sans aucune couleur. Et surtout un regard mauvais. Que ce soit son âge, son apparence ou son caractère, il a tous les traits d'un personnage secondaire. Celui à qui irait mieux le rôle du protagoniste, dernier chevalier au service de la princesse, c'est clairement le capitaine Rob. Ou une belle fille.

Que se passerait-il si l'homme qui dit aux autres de le laisser derrière pour retenir l'ennemi était celui qui survivait ? C'est avec cette idée en tête que j'ai conçu ce personnage. Et c'est aussi celui qui est le plus proche de ma propre nature. Ceux qui auront été à la même table de JDR que moi seront tentés de penser qu'on croirait voir encore le même vieux. Ça donnerait sans doute la même chose si je créais un chevalier dans le JDR Lost Royal. Sa race serait humaine et son arme favorite un bouclier.

On pense devenir adulte à quarante ans, mais ce n'est pas le cas en réalité. On est quelqu'un d'inexpérimenté, d'impatient et de terriblement pressé. D'autre part, notre corps est bien plus faible que dans nos jeunes années. On a mal aux muscles tous les deux jours. Voilà sur quoi je me suis basée pour faire ce personnage. Une représentation réaliste de quelqu'un qui ne cherche pas à se grandir ni à tout prix à se comporter en adulte ou à faire plus vieux que son âge. C'est parce que j'en suis à cette étape de ma vie que je peux écrire cette représentation.

C'est quelqu'un de brusque, bourru, et qui ne sourit jamais sur les illustrations ou la couverture, faisant plutôt la grimace avec les sourcils froncés. Soit il serre les dents, soit il crie. Je trouve ses expressions magnifiques, et je suis subjuguée par les rides au niveau de ses yeux.

C'est un homme têtu et rustre qui n'abandonne jamais. Le concept de base était un héros qui ne porte pas de tenue renforcée. Il tire son origine de Snake Plissken, le hors-la-loi borgne du film « New York 1997 » joué par Kurt Russel. De même que le chevalier Bowen joué par Dennis Quaid dans le film « Cœur de Dragon ». Il s'inspire peut-être également en partie du capitaine dans le manga « Garde-frontières » (Henkyô Keibi) de Kyôko Shitô. Même si ce n'est pas un homme à femmes. Et ce serait un peu trop dur de le qualifier de quadra vaurien.

D'autre part, le modèle du capitaine Rob est le chevalier Navarre du film « Ladyhawke » joué par Rutger Hauer. Il s'agit là aussi d'un chevalier portant des habits noirs et maniant une énorme épée. Son caractère est tiré de ce héros de comics qui lance un bouclier orné d'une étoile. Gideon et Rob sont les deux faces d'une même médaille, s'étoffant l'un l'autre.

Comme vous l'aurez compris d'après les paroles de Gideon, il n'était presque jamais au château. Il y avait beaucoup de gens qui se battaient à l'extérieur. Tout comme des gens chargés des constructions, du défrichage ou des travaux agricoles. Il ne connaît donc pas bien la princesse. Lorsqu'ils se retrouvent tous seuls, il est très soucieux. Il n'a pas l'habitude de s'occuper d'une enfant, et il est même plutôt maladroit. Néanmoins, il la protégera du début à la fin. Il ne va pas trop la gâter ni trop la choyer.

Je me demandais si une telle personne pouvait vraiment être le protagoniste d'un roman de fantasy. Pour répondre aux désirs du marché, il faudrait une fille chevalier, un jeune chevalier ou alors un bel homme, un vieil homme courtois qui sait avouer ses fautes. Heureusement, la bienséance a été dévolue au dragon. Ainsi, j'ai pu faire mon chevalier sans crainte.

Il a beau s'écarter des canons du genre, Gideon demeure un personnage principal. Il se bat constamment pour autrui. On le croirait sorti d'un manga shonen. Ce n'est pas quelqu'un d'obstiné, mais il reste déterminé. Même s'il semble un peu dévier, c'est en réalité quelqu'un de droit et sérieux.

Je digresse, mais sur la couverture est représentée la forêt sous la pluie. Les mûres dessinées dessus sont en fait une espèce de bleuets. Mais je tenais absolument à ce que ces fruits donnent l'image d'un apport sain, donc j'ai préféré parler de « mûres ».

Merci d'avoir lu jusqu'à ce sixième personnage. Je remercie à nouveau Hakkô Shuppan de m'avoir offert l'opportunité de sublimer ainsi mes envies littéraires. Je prie pour que nous puissions nous revoir un jour...

C'était Tokino Tsubaki.

Post-scriptum : dans la version anglaise, il a été traduit en « Royal Knight Sir Gideon », ce qui a du style. Mais je serais tentée de dire que ça ne lui va pas du tout !

Postface n° 2

Hi, guys ! Merci de vous être procuré la version numérique de « La petite princesse et la forêt enchantée ». Ravie de vous rencontrer. Et si nous nous sommes déjà vus, je suis enchantée de vous revoir ! Je suis Tsubaki Tokino, celle qui se présente à la façon d'un téléshopping américain diffusé en pleine nuit.

Quand j'y pense, je n'aurais pas pu parler de ce livre sans connexion Internet. Après sa sortie en édition papier le 7 avril 2017, il s'est vendu très lentement...

Lorsque la faillite de Hakkô Shuppan a été annoncée en octobre, l'arrêt de commercialisation a été décidé. J'étais anéantie. Mais j'ai fait la promo des exemplaires encore à vendre sur Twitter et mon blog ! J'en ai fait la réclame avec acharnement. J'en ai parlé parmi les fans de JDR, ça s'est écoulé lentement, et soudain ça s'est emballé. Ainsi, un livre d'une petite maison d'édition s'est diffusé sur Internet grâce aux retweets et au bouche-à-oreille.

Ensuite, il s'est vendu au point de finir en rupture de stock chez plusieurs boutiques en ligne. Il a terminé à la première place de la catégorie SFFF (Science-Fiction, Fantastique, Fantasy) d'Amazon et l'étoile filante s'est consumée. Il n'est plus possible de trouver de livres neufs actuellement.

Même si des gens voudraient le lire et que j'aimerais le leur vendre, je n'ai plus d'exemplaire à leur proposer. J'ai passé beaucoup de temps à me morfondre de regret et de frustration. Heureusement, avec la faillite de Hakkô Shuppan, tous les droits me sont revenus. J'en suis vraiment reconnaissante. Il est très rare qu'une entreprise l'annonce clairement dans ce genre de cas. J'en ai connu beaucoup qui coupaient toute communication. Ces déclarations silencieuses laissaient entendre que je ne devais pas me préoccuper des petits détails, ou encore qu'on n'écoutait pas les revendications d'une autrice sans importance.

« Alors, tous les droits de ce roman sont à moi ! »

J'ai donc eu une chance de le remettre en vente. Cependant, il n'y avait que le texte que je pouvais utiliser librement. Que ce soit le design du livre, ses illustrations...

Oui, les illustrations ! Cette histoire n'aurait pas vu le jour sans les dessins de M. Konno.

Je me suis heurtée à un mur épais, et me suis résignée en me disant qu'il valait mieux laisser couler tranquillement. Après tout, j'ai connu ce genre de choses plus d'une fois. J'ai déjà eu de la chance qu'une maison d'édition sorte mon livre en version papier.

Au bout du compte, je suis devenue une freelance n'appartenant à aucune organisation, impuissante sans connexions ni contacts. Néanmoins, certains liens subsistaient.

M. Takashi Konno m'a donné l'autorisation d'utiliser les illustrations de « La petite princesse et la forêt enchantée » ! C'est alors que mon champ des possibles s'est élargi. Cela étant, le monde est un endroit implacable. J'ai tenté de le vendre à plusieurs maisons d'édition, mais je n'ai eu que des réponses négatives. En fait, elles étaient même pires qu'accablantes.

« On ne veut pas de ton livre. »

« Ah, il est épuisé en ligne ? La boutique a pu sortir les chiffres qu'elle voulait. »

« Ces résultats ne valent rien. Zéro. »

« C'est pas la peine de chercher à aller le vendre ailleurs. »

Mon cœur me serre rien que de m'en rappeler. Malgré ça, j'ai réussi à garder une expression assez légère.

Parmi elles, certaines entreprises m'ont demandé une somme d'argent considérable, alors si vous avez l'intention de faire publier votre livre, soyez très prudents. Avant de songer à l'auto-édition, je n'avais que ce genre de réponse :

« Commencez par nous payer. Vous l'avez proposé à d'autres entreprises ? Ah, ne faites pas de choses inutiles. Commencez par nous payer. »

Et si je refusais, ils rompaient tout échange.

Tandis que j'avalais des larmes de frustration et que je continuais à aller vendre mon roman en serrant les dents, j'ai reçu un message d'une société :

« Cela correspond parfaitement au concept de notre entreprise. Nous vous proposons de faire un contrat. »

Il s'agissait de la compagnie américaine Cross Infinite World. C'est ainsi que la publication numérique de « La petite princesse et la forêt enchantée » en version anglaise a été décidée, et que j'ai commencé à travailler le manuscrit destiné à être traduit. Sur la base du brouillon final de l'édition papier, j'ai rendu la lecture plus fluide pour la version numérique. J'ai également réécrit l'œuvre pour qu'elle soit plus facile à traduire. J'ai eu le plus grand mal à conserver autant que possible les nuances du texte d'origine. J'ai listé les noms des personnages et des lieux en japonais avec leur transcription en anglais. Les notions que j'avais définies lors de la parution du livre papier, mais dont je ne m'étais pas servie m'ont été bien utiles à ce moment-là.

En me basant sur ce manuscrit, j'ai donc produit cette version optimisée pour le format numérique. Dans le même temps, j'y ai aussi ajouté le bonus commémorant la sortie de l'édition papier, ainsi que les détails sur la création des personnages que j'avais publiés sur le web. Voilà ce qui a donné ce livre.

Tandis que je travaillais sur la version anglaise, j'ai eu une occasion rare. J'ai reçu une offre d'interview de la part d'un journal local. Le thème était « Les écrivains de light novels en activité dans la préfecture ». Ce qui a été à l'origine de cet événement, ce fut la recommandation du bar à jeux « Gamig » à Miyazaki. Au début, j'étais hésitante. Pour moi, rédiger des light novels est un travail parmi tant d'autres... Je fais aussi de l'écriture de scénarios de jeux, de fictions sonores, de la novélisation... En un sens, ce n'est pas vraiment mon activité principale. Qui plus est, je n'en ai sorti que deux en édition papier. Même en comptant les livres numériques, ça n'en fait que quatre.

« Est-ce que je peux vraiment accepter cette interview ? »

Hou-là ! Doucement, une petite minute.

Jusqu'à présent, le fait d'habiter dans la cambrousse au sud de Kyûshû n'avait été qu'un handicap, mais c'était devenu soudainement un point positif. Le genre de chose qui n'arrive qu'une fois. J'ai donc décidé de profiter à fond de cette chance. Je n'avais aucune idée de ce que ça allait donner, mais j'ai sauté le pas malgré tout. Finalement, ça a été une expérience inestimable. Les hauts et les bas de ma dure vie d'autrice ont été couchés sur le papier par une autre personne. J'ai pu réfléchir à la façon dont je l'avais écrit. Heureusement, la date de sortie de la version anglaise avait été définie (bien plus tôt que prévu !) et j'ai pu la faire mentionner dans l'article. À ce moment, le journal m'a déclaré au téléphone :

« Félicitations. J'espère que nous pourrons lire ce livre numérique en japonais également ! »

Ces quelques mots ont été un véritable encouragement.

On peut faire un livre numérique soi-même. Et on peut aussi le diffuser. Je reste indépendante jusqu'au bout, donc je peux le façonner comme je le souhaite. Je peux y insérer tout ce que je veux, sans me préoccuper du nombre de pages, je n'ai pas à risquer de devoir les stocker, et je peux rédiger une postface à l'envi. Je sais comment procéder. Je distribue déjà deux livres de cette façon.

« Allez, on se retrousse les manches ! »

Et voilà comment ce livre a été créé. Il a été refusé par de nombreux éditeurs, on a même renié mon existence, et j'ai expérimenté un niveau d'humiliation tel que j'en tremble rien que de m'en souvenir. C'est le genre de chose qui arrive souvent et on n'y peut rien. Si j'avais abandonné après avoir été aussi malmenée, tout se serait arrêté là.

À M. Konno qui m'a autorisée à utiliser les illustrations et la couverture, au Miyazaki Nichinichi Shinbun qui a publié cet article, à la société Cross Infinite World qui m'a offert la plus belle chance de retour, je dis merci du fond du cœur.

Il ne s'agit pas d'un genre isekai ni d'un tensei. Il n'y a ni héros surpuissant ni jolie jeune fille. J'adresse des milliers de mercis à tous ceux qui ont acheté cette histoire qui s'éloigne des tendances en proposant la noble aventure d'un vieux chevalier et d'un vénérable dragon. S'il atterrissait par hasard entre les mains de quelqu'un dans dix ans, il demeurerait sans doute intéressant. Voilà le genre de livre que je laisse.

Et ma reconnaissance la plus sincère va à la société Hakkô Shuppan qui a approuvé l'idée de cette écrivaine insignifiante que j'étais, puis lui a donné une chance de recommencer.

Une version papier de « La petite princesse et la forêt enchantée » est dans les rayonnages de la bibliothèque municipale de Miyazaki.

Pourquoi avoir fait d'un vieux le personnage principal ?

Lorsque j'ai répondu à cette question pour la première fois, j'ai dit simplement que j'aimais ça. Derrière cette explication, c'est qu'en fait j'avais envie de rester active aussi longtemps que possible.

Est-ce qu'il faut forcément se retirer quand on n'est plus jeune ? Quitter la scène pour rejoindre les coulisses ?

Oh que non. Je veux toujours partir à l'aventure à mon âge. Si possible, j'aimerais ne jamais arrêter de relever de nouveaux défis. C'est ce que me dicte ma détermination et ma conviction de conceptrice de JDR.

Tsubaki Tokino

Bibliographie

– Journal de formation RPG Lost Royal (Ikusei Kikô RPG Lost Royal), Ittetsu Urabe/Adventure Planning Service, Rona, Shinkigensha.
– Pocket Guides : Castles (Pocketpedia [Shiro]), Philip Wilkinson, Takashi Hasegawa, Kinokuniya Shoten.
– La vie dans un village médiéval (Chûsei Europe no Nômin no Seikatsu), Joseph Gies/Frances Gies, Yoshiko Aoshima, Kodansha Gakujutsu Bunko.
– La profondeur des contes d'antan (Mukashibanashi no Shinsô), Hayao Kawai, Fukuinkan Shoten.
– Traduction complète des contes des frères Grimm (Kanyaku Grimm Dôwa Shû), W. Grimm, J. Grimm, Kiichi Kaneda, Iwanami Bunko.
– The Fairy Mythology (Yôsei no Tanjô : Fairy Shinwagaku), Thomas Keightley, Yasuo Ichiba, Gendai Kyôyô Bunko.

Titre original : "Otogi no mori no yojohime"

Illustrations par Takashi Konno

Édition française publiée avec l'autorisation de Tsubaki Tokino,
par l'intermédiaire du Bureau des Copyrights Français, Tokyo.

ISBN : 978-2-492139-28-4

Collection dirigée collégialement par l'équipe de LaNovel Édition
Traduction : Aurélien Piovan
Relecture : Antonin Guirette, LaNovel Édition
Mise en page : LaNovel Édition
Pour nous contacter : contact@lanovel-edition.fr

Remerciements à :
Dominique Missere, Alexandre Gauthier, Karen Guirado,
Vincent Lambert, le DDM, Thomas Tarantino et tous les autres pour leur aide.

Imprimé en UE par CIRP – Avril 2024